余命一カ月からの脱出

病気とユーモアと音楽と

濱田晃好

右文書院

はじめに

2017年3月31日、慶應義塾大学病院（以下、慶應病院と記す）血液内科の主治医から、入院している私の容体について説明をしたいと言われ、妻がカンファレンスルームに呼ばれた。

「今の病状から判断しますと、大変申し上げにくいのですが、ご主人の余命はあと一、二か月、もしかすると、もっと早くなるかも知れません」

私は意識朦朧としていたので、このやりとりは聞くことができなかったが、あとで知らされて〝これで、年貢の納め時か〟と冷静に判断していた。看護師が血圧を計っていた。夢の中で彷徨っている私は、朧げながら70／40と聞かされ〝ああ、この血圧ではもうすぐ心臓が止まるなあ〟と観念した。

しかし、私の心臓は強かった。翌日、奇跡的に血圧が回復してきたのだ。上が100に近づいてきた。意識が戻ってきたのだ。死の淵から這い上がるとはこのことかも知れない。輸血や造血注射、抗生物質投与が効いてきたのか、それとも、私の生きる執着が強かったのか、主治医は〝濱田さんの奇跡〟と言った。私自身〝死んでも良い〟と言いながら〝本当は生きたいのだ〟と納得した。その奇跡があってから三か月半後に、無事退院した。

私は時々、これまでの病気について考えてきた。二十四年前の大腸ガンに始まり、ごく最近の急性白血病まで、いろいろな病気を発症してきた。件数を数えてみると十件以上になる。私の会社のクライアントに大手デパート〝三越〟がある。私の友人で、同業のY会長はそれを知っていて〝濱田さんは病気のデパートですね〟という。確かに、言われてみればその通りだ。

病気のデパートは、まだ、これからも続くかも知れないが、この機会に私の人生を振り返ってみたいと思い第二部を書いた。第二部のタイトルが、明治時代でもないのに、〝人生波瀾万丈〟と表現したのは、少し、大げさかも知れない。しかし、何度も死の淵に立たされた私としては、幼いころの生い立ちから、興銀に入行した経緯、興銀での出来事、転出した給食会社での事件、現在も勤める株式会社ベストに入社したときの闘争、その後半にはディスプレイ健保の訴訟争いなど、正に、波瀾万丈の人生も、この機会に記録したいと考えた。

しかし、辛いことばかりではなかった。一つは音楽との出会いである。興銀合唱団、大阪労音堺合唱団（ここで、妻の紀子と出会った）、そして、東京ケラーサロンであり、アイビーメンネルコールであった。そして、精神的には霊南坂教会への礼拝が救いになった。日本人は宗教的に〝広く浅く〟が一般的で、法事は仏教、お正月は神道、クリスマスには教会と使い分けしており、民族的には多宗教ではあるが、私は二十年前からキリスト教、そして、その聖歌隊にピッタリ嵌まってしまった。

これまで、私自身、過去の出来事をあまり話さなかったし、書いても誰も興味をもたないと思ったので、自分史的なものに興味はなかった。しかし、死の間際では、多分、〝濱田さんって、どんな人生だったのだろう〟と思いめぐらすこともあると考え、また、私の楽しい人生を分かち合えた人たちに感謝しようと思い、これを書いてみた。

目　次

目次

第一部　病気のデパート

第一章　骨髄異形成症候群（難病）

幼いころ、身体が丈夫でなかった私は、小学五年の時に結核に罹ってしまった。栄養不足のうえに父親の結核が移ってしまったからである。

基本的に身体が弱く、その後もいろいろあったが、五十二歳の時に大腸ガンで手術を受けてから、立て続けに大病を患った。私の友人がこう言った。

「濱田さんはいろいろな病気をしていますが、老後に近づいた我々の参考にしたいのでまとめてお話しいただけませんか？」

「濱田さんの会社のメイン取引先は三越のデパートと聞いていますが、濱田さんの身体は病気のデパートですね」

「ウン、そうか！」

と納得したうえで、以下を記録したのでした。

年次は別にして、大きな病気の順にベスト10を並べてみると、次のようになる。

第１部　病気のデパート

第一位　骨髄異形成症候群（難病）　現在、治療中
第二位　急性白血病（血液ガン）　現在、治療中
第三位　大腸ガン　手術後五年間ケアー、完治
第四位　サルコイドーシス（難病）　入院、治療、現在経過観察
第五位　前立腺ガン　完治
第六位　腰部脊柱管狭窄症　完治
第七位　心臓冠動脈ステント置換　完治
第八位　心臓弁膜症　治療中
第九位　肺炎　完治
第十位　眼ぶどう膜炎　完治
番外編　手首骨折　完治

これらの病歴を順次説明しようと思う。

余命一、二カ月

２０１７年3月31日、慶應病院血液内科の主治医から、入院している私の容体について説明をしたいと言った。私が意識朦朧の状態だったので、妻だけがカンファレンスルームに呼ばれた。

「ご主人は難病の骨髄異形成症候群という病気を発症しており、そばでご覧のとおり貧血がひどく、輸血や造血注射をしても改善の兆しはみられません。このまま推移しますと、体力を消耗し意識がなくなります。また、合併症として肺炎を起こす可能性があり、もし、肺炎を併発すれば処置の施しようがないということです。入院時、ご主人から余命について質問がありました。私は五年くらいでしょうかね、と答えましたが、今の状態から判断しますと、大変申し上げにくいのですが、ご主人の余命は、あと一、二か月、もしかすると、もっと早くなるかも知れません」

妻は卒倒しそうになった。余命一、二年なら、まだ分かるが余命一、二カ月なんて、どういうことなのか。

「分かりました。そうでしたら、私から主人に話したほうが良いでしょうか？」

「ご本人が落ち込んだりしたら大変ですから、どうしたら良いでしょうね？」

「いいえ、主人にはハッキリ言った方が良いと思いますので……今までもそうですが、何を言われても動じない人ですので……あの人は大丈夫です」

「ああ、そういうことでしたら、医師として私がご本人に話しますから」

しかし、私が高熱にうなされていたため説明不可と判断されたためか、その日は本人には説明がなかった。翌日、

「先生からお話、聞いた？」

高熱で朦朧としている頭の中では、言っている意味は理解できなかった。妻の目には涙があふれていた。

「何の話？……何も聞いていないよ」

「昨夜、先生からお話があって、あなたの命はあと一、二か月。もしかすると、もっと早いかも知れない、と言ってたよ」

私は、過去にいろいろ病気をしてきた経験があり、また、霊南坂教会での牧師の説教

を二十年間も聴いていたこともあり、死についてはあまり恐れるという感覚がなかったので、朦朧とした中ではあったが、その医師の言葉を伝え聞いて、

「そうか。人生、終わりか。七十五年生きてきて、人生楽しかったから、これで良しとするか。でも、まだ、エンディングノート（遺書）を書いてなかったなあ」

と冷静に判断していた。それが、４月１日のことだった。

はじめの症状

私は医者に診てもらうときは、漏れがないようにいつもメモして話をすることにしていた。２０１７年１月20日の〝最近の体調〟のメモにはこうあった。
①貧血で身体がフラフラする。特に、階段を昇るとき手すりをもって登らなければならない。
②朝起きたときに鼻血や歯茎から血の固まりが出る。ものにぶつかっていないのに、身体にアザが出来ている。白血病ではないかと人から言われる。
③部下から〝顔がむくんでいる〟と言われる。顔や手が白すぎる、とも言われる。
④狭い歩幅でしか歩けない。歩くとすぐ疲れる。息が切れる。足がガクと折れること

があり、歩くスピードが半分くらいになった。妻の歩速について行けない。
⑤寝ている時は何の痛みもないが、頸動脈がドキドキしている。
⑥時々、胸（心臓）が不整脈のような鼓動を打つことがある。
⑦やる気、覇気が減退している。直ぐに横になりたくなる。横になったらすぐ眠ってしまう。
⑧２０１０年10月９日に慶應病院に検査入院したときに〝サルコイドーシス〟という難病と判定されたが、今もまた、似たような症状が出ている。

難病の指定

今回の病気を発症する二か月ほど前に、東京ケラーサロン[*1]の二十周年記念パーティがあり、それに合わせて二十周年記念誌の発刊を行ない、同じ月にアイビーメンネルコール[*2]が八王子女声合唱団はなみずきコンサートへの賛助出演、また、わが社、株式会社ベスト（当時社長、現在会長）関係の大阪出張、そして、元興銀友人Ｓ君危篤、逝去につき二回の軽井沢往復運転と、超多忙な日々を送り、更には、社内のゴルフコンペがあり、七十五歳の身体を酷使し過ぎたことが、発病の一因だったような気がする。

＊１　東京ケラーサロン…ビールを飲みながらドイツの歌をドイツ語で歌って楽しむ会で、私が二十年間代表を努めているサークルである。後述の〝音楽との出会い〟の項参照。
＊２　アイビーメンネルコール…元興銀合唱団をルーツとする男声合唱団で、これも、十年間私が代表を努めている。〝音楽との出会い〟の項参照。

検査入院する一カ月前のある日のことだった。私のマンションの近くにある池袋サンシャイン内を散歩しているとき、突然、歩けなくなり、座り込み、それでもだるいので通路に寝ころがってしまった。あと家まで百メートルなのに、その距離が歩けない。救急車を呼ぶことも考えたが、救急車の職員に、

「わが家まで搬送して下さい」

と言えば、きっと、

「病院送りが原則です」

と言われそうなので、しばらく、階段のところで横になったあと、妻の肩にぶら下がり足を引きずりながら、我がマンションに向かったのだった。そして、やっとの思いで家にたどり着いた。

先に、メモでこの病気の初期症状を医師に相談したあと、一月に入った正月過ぎのある日〝貧血がひどい〟という診断があり、慶應病院にて骨髄検査を行うことになった。

身体をうつ伏せに、まるでカエルがタイヤに轢かれたような形を強いられ検査が始まった。骨盤のどちらでも良かったが、私の場合は左側の骨盤に太い針を刺すこととなった。最初に腰骨の上あたりに麻酔薬の注射を二本打ったが、これはかなり痛いものであった。そのあと、検査医師とともに一、二、三と声を出し、三のところで本人は息を止め（腹を絞り込む）、医師は骨髄まで届く太い針を刺すのだった。しかし、骨髄液がなかなか採取できず、結局、三回目にやっと採れたのだった。他の人はだいたい十五分で済むところ、私の場合、その三倍もかかってしまった。

検査結果が出る日がきたので、病名を気にしながら慶應病院に出かけた。結果は難病の〝骨髄異形成症候群〟であった。調べてみると、厚労省の難病であるが、東京都の指定難病ではなかった。東京都の指定でなければ難病の医療補助金が出ないのだ。

この病気、調べて判ったことだが、骨髄異形成症候群は老人性の病気で確率をみると十万人に一人だということだった。（他の情報ではその半分程度というのもあった）

私は今もって〝サルコイドーシス〟という別の難病治療を行なっているが、サルコイドーシスを治療している人で、骨髄異形成症候群になる人の確率は、計算上百億人に一人ということになり、地球人口は約八十億人だから、理論上では、私は地球上でたった一人の病人に該当する。できれば〝地球上でたった一人の大金持ち〟になりたかった。

検査のあと、三月初旬、熱っぽい身体が三十九度近くに跳ね上がり、強い倦怠感でどうにもならないため、病院に駆け込んだところ、医師は、

「貧血が原因で白血球が少ないため、身体のどの部位かは不明ですが、どうもウイルスに感染していることによるものと思われます。体内炎症反応数値（ＣＲＰ）が大変高いので、抗生物質の点滴投与が緊急に必要です。このままでは危険なので、即、入院して下さい」

入院して一週間ほど経って熱が収まったころから、前から問題のあった二本の歯科治療が始まった。骨髄異形成症候群と抜歯がどう関連するのかと思ったが、炎症反応がか

なり高いので、まずは消去方式で、はっきりしている炎症部位を除去しようということであった。これは、血小板が少ない患者は出血が止まらないリスクがあるため、街の歯科医での抜歯は無理で、イザというときの緊急手術ができる大病院でしか歯科治療ができない、ということであった。

事前に血小板を二日にわたり輸血し、問題の二本を抜歯した。やはり白血球が少ないため治りが遅く、かなりてこずったが、一応、炎症反応の低下効果があった。しかし、多少、下がったとしても、まだ、ＣＲＰは高く、他の炎症部位の特定ができないまま悶々としている中で、また、大問題が発生した。

入院中に、またもや三十九度の熱が一週間続いたのだった。白血球が健康体の１／３しかない状態ではウイルスに対抗出来る体力がなく、血圧も70／40まで下がっており、意識も朦朧として〝寝て死を待つ〟という状態に追い込まれていた。そのときの主治医の判断が最初の言葉、

「ご主人の余命はあと、一、二カ月、もしかするともっと早いかも知れません」

妻はそれを聞いてから、一晩中、眠れなかった。世の中の主婦と同じで〝これまで、すべて主人に頼って生きてきた人生。主人が亡くなったらどうしたら良いのか〟いくら考えても答えが空回りするだけであった。

翌日、4月1日に、妻が長女の奈津子に電話をした。

「そんなの嘘でしょう」

「先生が本当に言ったのよ」

「先生もお母さんも嘘を言っているんでしょう。だって、今日はエイプリルフールだよ」

そして、このあと丁寧に説明したものの、奈津子は納得できず

「医者から直接話を聞きたいので、今から病院に行く」

次女の祥子は、もともと泣きべそタイプであったので、電話口で大泣きに泣き、それに釣られて子供たち（孫）もワンワン泣き、大変な騒動になったようだった。

「今度の土曜日に病院に来なさい。ただし、お父さんの前では絶対に泣いたりしてはいけないよ。ニコニコ笑って話すのよ」

実際、孫を三人連れてきたときは明るく騒いでいた。

しかし、不思議なことに医師が〝濱田さんは危篤状態〟と宣告した翌日から、病状の回復が始まった。熱が徐々に下がり、三十九度が三十七度程度にまでになり食欲も少し出てきた。

「赤血球、血小板の輸血は続いてやりますが、熱が下がってきたので、白血球を増やす注射を始めましょう」

私はこの病気になって初めて知ったことであるが、輸血は赤血球と血小板の二種類だけで、白血球はアレルギー反応が強いので輸血は不可、ということであった。また、輸血する赤血球は字のとおり赤色が想定されたが、血小板は赤色でなく橙色であることを知った。

赤血球を増やすために〝ネプス〟という注射を打ち、同時に、白血球低下の対応策として〝グラン〟という注射薬を打つことになった。最初に毎日1本、五日打ち続けたが、その後の血液検査では何の反応もなかった。先生は、

「これでもダメか！」

と溜め息まじりに話していた。その後、五日間空けてもう一度、ネプスとグランを注射したところ、何と、三日目に赤血球と白血球の数値が上がり始めた。そして、五日目には、遂に、健常者並の6千台まで上がった。

この時に、血液には生きる日数があることを知った。赤血球は約四か月（百二十日）、血小板は約十日（八〜十二日）の命だそうだ。ところが、白血球は命の期間がなく、一旦できるとそのままか、外敵が侵入した場合はむしろ増えるということを知った。ネプスとグランを注射したころから、体調の回復が著しくなった。理由は白血球が高位安定したため、体内での掃討作戦に成功したためであった。その日以降、これまで必ず朝方に熱が出ていたものがピタリと止まり、ＣＲＰ（炎症反応）も低位安定してきた。

「一週間このような平熱が続けば抗生物質の点滴を錠剤に変えます。それで異常がなければ、次は退院！ですね」

一時は死を覚悟したこともあり〝退院〟という響きが大きな感動を呼んだ。

ところが、ことは簡単ではなかった。抗生物質を錠剤に変えた日から、またもや熱が出始め、ＣＲＰが高くなり、お腹当たりが苦しくなった。レントゲン、ＣＴで調べると、

「錠剤の影響で便が詰まって腸閉塞を起こしている」

との診断だった。これで、元の木阿弥であった。また、抗生物質を錠剤から点滴に戻し、腸閉塞対策が始まった。二週間ほどしてやっと腸の通過が確認され、熱も下がり安定したところで、再度、錠剤への変更を試みた。私は主治医に耐性菌のことを気にして、

「錠剤を前のものと同じでなく、別のものに変更して下さい」

と言い、先生も、

「それは考えている」

として、新たな錠剤治療が始まった。

長かった治療がやっと終盤を迎え、退院を迎えた。入院生活は当時七十五歳という年齢と同じ七十五日であった。

再入院

ところが、退院した翌日からまた熱が出だした。

「どうしてくれる!!」

自分で腹が立った。自宅に戻った二日間、三十八、三十九度の熱が続いたため、再び、

慶應病院に駆け込んだ。今度の診断は肺炎であった。主治医は私の病気〝骨髄異形成症候群〟の特徴として、

「濱田さんの骨髄異形成症候群は血液ガンに移行する可能性は殆どありません。あっても確率は10％、血液の中にバイ菌やウイルスが侵入して起こる敗血症の発生がやはり10％、残り80％は風邪、インフルエンザ、肺炎、体内炎症等の感染症です。これらに罹りますと、死亡するケースが多くなります」

と聞いていたので、ＭＲＩ検査で〝肺炎〟と診断された時は、

「やっぱり、ダメか」

と溜め息をついた。しかし、今度の肺炎は再入院後、三十七度台の熱が二週間ほど続いた程度で、徐々に改善が見られたので、主治医は、

「今回の肺炎は軽症につき、直ぐに命に影響するものではありません」

とのうれしいご託宣であった。

コンサートのための外泊

次の、私の目標は６月３日のアイビーメンネルコール（ＩＢＭＣ）のコンサートへの参加であった。ＩＢＭＣは元興銀合唱団の男声陣十五名を集めて、わが家のマンションで練習している男声合唱団であるが、私が入院していた三カ月間、練習会場が使えないので、あちこち流浪の民（旅）を続けていた。

私自身も身体が弱っており、声が出ない状態だったので、コンサートで歌うことは諦めるとしても、毎回コンサートで行なっている第二ステージの司会役だけは何とかこなしたいと考えて、主治医に、

「６月３日までに退院させていただくか、それが無理なら、当日外泊を許可していただけないでしょうか？」

このことは、前にも主治医に伝えていたので、唐突感はない。

「検討しますが、それは当日の体調如何ですね」

６月３日、当日が近づいてきた。主治医の結論としては、

「退院は無理ですが、一応、外出許可の線で考えましょう。明日朝、発熱した場合は許可は出来ませんが……」

翌日は早朝三時ころから起きてしまった。子供が遠足に出かけるような気分である。朝食まで悶々とした時間を過ごしていたが、私の信仰深い神様への祈りが効いたのか、願いが叶って外出許可が下り、無事、コンサートに出かけることができた。

リハーサルの時、ステージマネージャー宇津木正義さんから、

「濱田さんの顔が貧血で真っ白なので、女性の化粧品を使って赤みのある顔（頬）に直して下さい」

と指示があり、生まれて初めて化粧した。その効果があり、私の顔は美しい女性（？）の顔に仕上がっていた。しかし、ステージの上を歩くとフラフラするので、足の甲を八の字に広げ、倒れない工夫をした。あとで、病気のことを知らない友人から言われた。

「いつもより、声が小さかったなあ……。まさか、そんな大病をしていて病院から抜け出したなんて、まったく気がつかなかったよ」

「そういえば、濱田さん、いつも左端のトップテノールの位置で歌っているのに、ど

うして、今日は歌っていないのかなあ〜、と思ったよ」

　結局、大半のお客さまには知られずに、第二部のＭＣ（master of ceremonies　司会役）を努め終えたのだった。そして、コンサート自体もとても評価の高いものでした。〝濱田が歌わなかったから、良い演奏だった〟と言われるのだけは避けたかったが、やむを得ないところであった。


　そのコンサートのあと約一週間後の６月11日に二回目の退院が出来た。一回目の早期退院に失敗、慎重を期した主治医が、やっと重い腰を上げた。退院の際、

「濱田さんの身体は、前にも申し上げたように、年齢的に骨髄移植はできない（若い患者優先と移植手術の体力負担の問題）ので、毎週の輸血（赤血球と血小板）をこれから一生続けていただくこととなります」

「また、血液内科の他に、抗生剤による副作用で左内耳の難聴が起きており、これの治療、そして、これも薬剤の副作用ですが、腎臓数値の改善治療、境界線型糖尿病の監視、七年前から治療を行なっている難病のサルコイドーシス、循環器内科の心臓弁膜症のトレースなどの治療は続けて行なうように」

ということが申し渡された。前から私の身体のことを〝病気のデパート〟と言われていたので、私は、勿論、承知して、丁重に頭を下げた。

約三カ月半、百五日入院し、2017年6月11に退院した。家族は二回も〝余命わずか〟と聴かされていたこともあり、私の入院中に、慌てて喪服作りを始めていたことを退院日に知らされた。長女の奈津子は二十歳の長男を含め三着、次女も夏物がないとかで新着、妻も寸法が合わない（太りすぎ？）ため、もう一着、計五着も作ったらしい。二回目の退院後、その喪服はすっかり出来上がっていた。喪服を試着した妻は、

「どう、この喪服、いいでしょう。でも、この喪服代は誰が払うの？」

喪服代を誰が支払うかという話は別にして、一度は死にかけた私に神様はこう言ったに違いない。

「まだ天国に来るのは早い、もう一度俗界に戻りなさい」

主治医も、

「濱田さんのケースはまれで、奇蹟に近い」

友人からは、

「三途の川は渡ったのか、お花畑は見えたか」

「三途の川を渡ろうとしたら、当社の作成した立て看板があり〝遊泳禁止〟となっていたので、やめた」

わが社、株式会社ベストは業種でいうと総合ディスプレイ業であるが、分かりやすく言えば〝看板業〟である。その得意な看板を説明した。ついでに、

「お花畑も見えたが、これも〝侵入禁止〟と書いてあった」


退院したとはいえ、体重が65kgから55kgと女性並み（？）になってしまったことや、食欲がなく、量的にも十分な摂取が出来ないこと、味覚があまりないこと、ビール等アルコールが不味くて飲めないこと、貧血で血液が正常化していないので、歩くとフラフラすることが約一カ月続いた。

しかし、その間も、会社には出勤し、治療期間約五カ月間の空白を埋めるべく努力したが、社長という激職は無理なので、６月以降、優秀な若手（五十歳）を社長にし、私は会長に就任することとした。これまで、なかなか社長を引き受けてくれなかった新社

長も、私の病状を理解して引き受けてくれた。

退院して約一カ月経ったところで、体調がかなり戻ってきた。輸血と造血注射、そして、薬剤の組み合わせで、悪いときは赤血球と白血球の数値が健常者の半分以下だったが、そのころには、正常値の80％まで回復してきた。主治医は、

「週間ごとの輸血を一旦止めて、ネプス二本、グラン一本、計三本の造血注射を毎週することで、様子を見ることにしましょう」

診察も一週間に一回から、二、三週間に一回と、間隔を置くようになってきた。この頃には散歩も再開し、一日、五千歩（健康なときは一万歩を歩いていた）を歩くようにした。食欲も出て量的にも入院前に戻り、味覚も回復し、ビール等アルコール類が美味くなってきた。そして、退院して二カ月経った時点では体重が半分戻り、造血注射だけで赤血球と白血球の数値が健常者の域に達し、一生必要と言われていた輸血が免除された。

ただ、血小板だけは、まだ、健常者の１／３に留まっており、そのため、腕、身体に内出血のようなアザが多数発生し、まるで〝ヤク〟をやっているような印象を与えてし

まった。造血注射をするたびに、看護師が、

「このアザはどうしたのですか？」

「このアザは妻からの虐待です」

看護師はニコニコしながら
「そうですか、お可哀相に」

妻には感謝しなければならないのに、何と不謹慎！　ゴメンナサイ。

その頃になると、血圧は正常値に戻り、左内耳の難聴も治り、アイビーメンネルコール（ＩＢＭＣ）の練習にも参加、霊南坂教会の聖歌隊にも復活して名テノール（？）を披露していた。声量も段々戻ってきた。こうした病状の改善で診察は一カ月に一回で良い、ということになった。


入院が長く、慶應病院の医者に加え、看護師たちにも大変世話になった。その中で、私の孫と同じ名前の〝舞音《まいね》〟ちゃんという看護師に出会った。その看護師は、

「二十五年間生きてきて、初めて同じ名前の方（子供さん）に出会いました」

私の見舞いに来たその孫に会わせ〝舞音〟同士写真を撮りメールを送信した。

「お元気ですか？　元患者の濱田晃好です。退院して約二カ月経ちました。ネプス、グラン等の注射は毎週ありますが、輸血もなくなり、診察も月一度となりました。体重も10㎏減りましたが、今、半分戻り、血液検査の結果も大きく改善しています。退院してすぐ会社にも出勤しています。一度は危篤状態でご迷惑をおかけしましたが、神さまの救いと、カミさんの介護、つまり、二人の神様の助けで、そして先生と、看護師さんのお蔭で復活を果たしました。うぐいす嬢（濱田注：高いきれいな声で話す看護師だった）の舞音ちゃんのお陰です。ありがとうね。報告とお礼でした」

看護師の舞音さんから返事がきた。

「濱田さん!!ずっと気になっておりました！　濱田さん人気者だったから、よく病棟でも話に上ります(0^^0)元気にしてるかなって(0^^0)改善してきているみたいで本当に嬉しいです！　たぶん濱田さんも奥様も素敵な人だから神様も味方したくなったのですね！　今日は神宮の花火大会で濱田さんがいたお部屋からすごく綺麗な花火が見えますよ！　花火見ながらお仕事がんばります(0^^0)またお顔見せにきて下さいね！」

慶應病院の看護師がすばらしいので、とても良い病院と思った。感謝。

第二章　急性白血病（血液ガン）

骨髄異形成症候群は小康状態で推移していたが、今年の五月、ゴールデンウイークの期間、慶應病院の新館オープンのため、診療が10日程度閉鎖されたため、週一回の造血注射が欠けてしまったときから、身体に不調が生じてきた。極端な倦怠感である。

骨髄異形成症候群は赤血球や白血球、そして、血小板が人の半分程度しかない状態のことをいうので、一番心配なのは風邪やインフルエンザ、肺炎であった。感染症に罹った場合は、命の危険に晒されることを聴かされていたので、特別に用心していたが、実際、この過ぎた冬は一回も風邪をひくことはしなかった。

一回目の骨髄検査は一年半前に行なわれ、骨髄異形成症候群の判定が下ったときであったが、それからかなり日数が経っているので、二回目の骨髄液の検査（採取）を行なうこととなり、ゴールデンウイーク明けにその結果が知らされた。

前に、骨髄異形成症候群から白血病に移行することはあまりなく、確率で言っても、

10％程度ということを聴いていたので、白血病の心配は殆どしなかったが、二回目の骨髄検査では骨髄異形成症候群から〝急性白血病に移行している〟ことを聞かされた。一難去ってまた一難、どう対処すべきか主治医に訊いた。

「もともと、骨髄異形成症候群も白血病も骨髄移植をしなければ完治する病気ではありません。しかし、前にも申し上げたとおり、骨髄移植はドナーが少ないので若手患者優先と、しかも、高齢者は骨髄移植の手術に耐え得るかどうかのリスクもあるので、だいたい六十五歳程度までとなっています。濱田さんの七十六歳という年齢ではその二つがクリア出来ませんので、移植ではなく日常生活にあまり支障がない〝寛解《かんかい》〟＊に持っていくことが最良だと思います。

抗ガン剤を投与して治そうとすると、入院が一～二カ月必要で、副作用がかなりきつい治療になりますので、加齢と体力的に耐えうるかどうか心配です。その治療により、逆に寿命が縮まる場合もありますので、医師としてはお勧めできません。但し、濱田さんが希望されるなら、それは、患者さん優先で考えますが、どちらをお選びになりますか？」

「取り敢えず、寛解を目指して、一〜二カ月身体の推移を見守ります」

＊寛解…病状が、一時的あるいは継続的に軽減した状態。または見かけ上消滅した状態。ガンや白血病など、難治の治療で使われる語

前に、輸血を取りやめ、ネプスやグランといった赤血球や白血球を増やす注射に変えた時期があったが、今回はこれらの注射を中止し、また、昔の輸血に戻った。

造血注射は、確かに赤血球や白血球が増えるが、ガン細胞に変換した白血球も増えるリスクがあるため、未来永劫、造血注射はないとも聴いていたので、その時期がきたのだと判断した。そして、赤血球の輸血が毎週行われることとなった。前にも記したが、白血球の輸血はアレルギーが生じるため医学的には行なわれていない。

赤血球の輸血が再開されてからは体調が改善されてきた。血液検査では赤血球の増減状態はヘモグロビンで表示され、男性では13〜17までが正常とされるが、輸血の始まる前の私の数値は半分くらいの7ポイント台であった。赤血球は身体の中に酸素を運ぶ役割を持っているので、これが低下すれば酸素不足で歩けなくなり、極度の倦怠感が出るのである。最初に骨髄異形成症候群になったときは路上で倒れてしまったのはそのせいであった。

輸血を毎週行なうようになり、数値が九ポイント台まで上がったところで、やっと体調が戻ってきた。〝血は正直もの〟である。元気になったついでに看護師さんにこうお願いした。

「どうせ輸血するなら、若い女性の血液を入れてくれませんか？」

「まあ、そんなこと良く言えますすね！」

相手は少し年増の恰幅の良い女性であった。冗談も相手を確かめて言わないと……。

この時ばかりは後悔した。

第三章　大腸ガン

現在、七十七歳の後期高齢者になるが、人生最初の大病は二十五年前の五十二歳の時だった。日本興業銀行（興銀）の大阪勤務を終えて東京に戻った時、

「白血球が基準値をかなり超えており、異常なので、精密検査を受けて下さい」

と言われ慶應病院で検査したところ、大腸ガンとの判定であった。興銀の子会社で給食会社のアイビーレストラン（当時は、興銀食堂と呼んでいた）社長に就任と同時に入院するというハプニングだった。

入院後数日して、慶應病院の主治医が、

「濱田さん！　テレビに出演してくれませんか？」

「何のことでしょうか？」

「今、ガンは怖い、治らない病気だ、という風評があります。実際には治るガンもかなりあり、昨今では治療のレベルも上がっている。それで、テレビ朝日が〝ガンが治っ

た〞という番組をつくりたいそうで、私からのお願いですが、濱田さん、大腸ガンの代表選手で出ていただけませんか？」

「何故、私を指名されるのですか？」

「濱田さんは気丈夫！」

と私の性格まで見透かされていたので、やむなく主演男優として出演することとした。

最初にメスで身体を切るシーンが放映され、ガンの周りを含めて30㎝くらい、計２～３kgを切り取った。

放映番組の最後にタレントの峰竜太が私のベッドに来て、

「手術が成功して良かったですね。第九は歌えそうですか？」

手術はその年の11月１日で、12月には立川市でベートーヴェンの第九を歌うことになっていた。そして、実際、12月23日に退院し、12月25・26日の両日、三多摩第九公演のステージに乗った。

入院期間は七十二日。腹の脂肪が邪魔をして縫合箇所がなかなか接着しなかったため入院が長くなったが、その分、看護師と親しくなり、退院するとき、こう言われた。

「また、来て下さいね」

私はいつも看護師と仲良くなる性分なのである。

（手術日：１９９３年11月１日）

木村利人早大教授との出会い

大腸ガンに罹ったその頃の記録を読み返してみると、古いものの中に新しい情報もあることに気がついた。

私の人生の先輩であり〝幸せなら手をたたこう〟という、誰もが知っている歌を作詞した早稲田大学教授（現在、名誉教授）木村利人（きむらりひと）さんの依頼で、所沢の早稲田大学人間科学部で講演をした。テーマは〝インフォームドコンセント〟であった。この講演は記念に録音してあったので、その内容を読み起こしてみたい。

木村利人先生と私は共にプロテスタントの霊南坂教会の会員で、先生の奥様はその教会の聖歌隊で、妻を含めて私たちとともに、毎週日曜日の主日礼拝で讃美歌を歌っている。先生は年齢的には大先輩ではあるが、結婚した年次が同じ１９６８年で、数年前ではあるが、ハワイ旅行で合流して、共に結婚四十八周年を祝い合ったこともあり、家族ぐるみのお付き合いをさせていただいている。
たまたま、会食をする機会があり、私の大腸ガンのテレビ出演の話を披瀝したら、木村利人教授の生涯のテーマである〝バイオエシックス〟（生命倫理学）の理論の一つである〝インフォームドコンセント〟の実践経験者だとおだてられ、早稲田大学にて学生を前に講演をして欲しい、との依頼を受けた。その講演は木村利人教授の七十歳定年退官の記念講演会で、私は十人の講演者の中の一人に選ばれた。

講義の冒頭解説

私の講義に先立ち木村利人教授が冒頭で解説を始めた。

「当時、テレビ朝日に〝これは知ってナイト〟という番組がありました。１９９３年の11月16日、火曜日、二十一時から二十二時の時間帯に放映されたもので〝感動！ガンが治った〟という番組のＤＶＤですが、約一時間番組の中で、濱田晃好さんが取材に応じた十分程度の映像をここに再現して皆さんにお見せします」

「因みに、濱田さんは色んな趣味をお持ちで、そのうちの一つに音楽の趣味がありますが、奥さんとご一緒にコーラスを楽しんでおられますし、それに関連したストーリーがちょっと出てきますので注意して見てください。ここで、ビデオを再生します」

ビデオの大まかな流れは次のとおりであった。

……………………………………………………………………………………

テレビ朝日「これは知ってナイト」〝感動！ガンが治った〟１９９３年11月16日

略称　ＮＡ：ナレーター

　　　Ｄｒ：医師

　　　峰：峰竜太

ＮＡ：「日本人の死亡原因第一位、それは〝ガン〟毎年多くの人々の命を奪うガン。あなたにとって〝ガン〟とは、苦しみということでしょうか。怖いというイメージでしょうか」

「数多くのガン患者を治療してきた国立ガンセンターの市川先生、実は十五年前に自らガンに侵され、そして見事克服した体験があります」

Ｄｒ：市川氏

「近頃、進行ガンでも治る患者が大変増えてきましたけれど、早期ならほとんど全部治ると言ってもいいでしょうね。私は仕事柄自分のガンを自分で診断をして、〝このガンで命を落とすことはないだろう〟と思いました。でも身体を切られるのは嫌だなあっ、傷付けるのは嫌だなあ、という感じがありました。でも、そこはいくら考えても仕様がありませんね、これはもう優秀な医師に任せして、一つ手術をやってもらおうという気持ちになったのですね。〝ガン即・死〟と思っていただいては困る。やっぱりそれに立ち向かって〝おれは治るのだ〟〝私は治すんだ〟というふうに思うことが大事で、そう言う人は治る確率が高いですね」

ＮＡ：「感動、生と死の戦い、ガンが治った！」

「最近日本人に急増しているのは大腸ガン、こちらに入院中の濱田晃好さんもその一人。五十二歳の会社員です。濱田さんは今年の九月、三年間の単身赴任を終えて、やっと家族水入らずの生活に戻れると思っていた矢先、ガンが見つかり、手術を受けることになったのです」

Ｄｒ：渡辺先生「ご主人の腸の透視がございますが、それの小腸からちょっと入った上行結腸の真ん中あたりがリンゴの芯みたいな形になっています。その部分だけどうも素人目にもおかしいなあと、ここが病気の本体。この写真を見ますと学生さんでも判ります。これは大腸ガンです。間違いありません。但し、一応今のところは大きなリンパ節と肝臓への転移はないと思います。今回、手術をするというのは、必要なことだと思われます」

ＮＡ：「転移がないというものの、自分のガンがどういう状態か気がかりです」

濱田：「先生、今のお話でね、進行具合からすると、早期ガンと進行ガンとがありますが、私の場合、どの段階まで進んでいるということでしょうか」

Ｄｒ：「このレントゲンと内視鏡像からは早期ガンではないです。ですから少なくとも筋肉層までは入り込んでいるだろうと……。但し、周囲の組織にはまず浸潤していない、と思われます」

ＮＡ：「手術の前日です。進行ガンであるという先生の話、はたして手術はうまく行くのでしょうか。濱田さんの趣味は音楽、歌を歌うことです。年末には奥さんと一緒にステージに立ってベートーベンの第九を歌う事になっているのです。五十代にして迎えたガンという高いハードルうまく乗り越えることが出来るでしょうか？」

「手術当日、奥さんと三人の娘さんがやってきました」

（手術室内で先生方が〝お願いします〟と声をかけ合う）

ＮＡ：「手術が始まりました。この手術は大腸の中の、上行結腸のすべてを取ってしまう大手術なのです」

Ｄｒ：（手術中）「大腸を見るとどうやらガンは内側にとどまり、外側までは侵されていないようです」

ＮＡ：「リンパ節を慎重に切除していきます。大腸をおよそ30㎝にわたって切り取ります。これが濱田さんに巣くっていたガンです」

Ｄｒ：（医師どうしの会話）
「どうですか、見た感じは？」
「まあ、良さそうですね、リンパ節転移もないし、良いと思いますね」
ＮＡ：「四時間の大手術は終わりました」
医師：「濱田さん！　目を開けてください。はい、判りますね。手術終わりましたよ」
ＮＡ：「医師から、家族に状況が説明されます」
医師：「手術は予定通り終わりまして、うまくいきました。お腹の中を拝見しましたが、肝臓とか、そのほかの所に転移している様子はありません」
ＮＡ：「濱田さんを侵していたガンがどれほどのものであったのか、家族が確認します」
奥様：「手術前に、主人からガン本体の裏側を見て裏に浸潤していないか、確認するように言われていたのですけれども」
医師：（切り取った大腸を指しながら）
「裏には出ていませんね。ここがガンの本体です。裏は大丈夫です」
ＮＡ：「手術後、濱田さんは集中治療室へ運ばれました。頑張ったお父さんを家族が見舞います」
奥様：「大丈夫、痛い？」
濱田：「痛いけど、大丈夫だよ」
娘達：(お父さんの手を握りながら)
「お父さん良かったね、良かった、良かった！　大丈夫みたいだよ、取り出したのも見たよ。じゃあゆっくり寝なさいね」
ＮＡ：「手術の翌日、濱田さんはもう元の病室に戻ってきました」
濱田：「ただ今、帰りました」
看護：「お帰りなさい、楽しみに待っていましたからね。痛み止めの薬、まだ、効いていると思いますが、あんまり辛かったら追加で使いますから……」
(ここで、タレントの峰竜太さんが登場)
峰：「濱田さん。すみませんね。寝てるところを。昨日手術なさって今日ということなんですけれど、手術したすぐにしては顔色が良いですね」
濱田：「ああ、何か看護師さんもそうおっしゃってくれています」
峰：「年末に奥様と一緒に第九を」

濱田：「そうそう、歌わなきゃいかんのでね。なにしろ早く治さなければね」
峰：「どうですか、ご自分としたらうまく歌えそうですか？」
濱田：「大丈夫じゃないか、という気がしますね」
（ここで、第九の歓喜のメロディが流れる）
ＮＡ：「順調に回復する濱田さん、好きな歌をうたえるのももうすぐです」
（退院のシーン）
「数多くの人々の命を奪ってきたガン、しかしそのガンに打ち克つ人も少なくないのです。〝ガンとの戦い〟その生と死の戦いに打ち克つものは、患者の生きようとする強い意思であり、多くの医療スタッフの献身的な治療の賜物です。そして、人類とガンとの戦いは、今も壮絶に繰り広げられているのです」
（終）

……………………………………………………………………………

ビデオ再生のあと、木村利人教授は学生に向けて話を続けた。

「というわけで、皆さん大変ショックな映像を見て驚かれたと思いますが、十年前に手術されて、そして、ご健康になられて、今日、壇上でこうやってお話が出来るまでに回復してらっしゃいます。しかし、いったい、その時にどういうことで手術を受けられたのか、そして、今どういう気持ちでおられるかということを、今日はお話しいただきたいと思います。濱田さんよろしくお願いいたします」

（ここで、濱田登場）

皆さんこんにちは！　ただ今のビデオの主人公の濱田です。

私は三重県生まれの大阪・堺育ちで、名前を濱田と言います。タレントのダウンタウンの〝はまちゃん〟と同じ名前、同じニックネームで、ついでに顔も似ている、などと言われています。如何でしょうか？

今日はインフォームドコンセントというテーマで話をせよということで、次の項目を用意いたしました。

一つは大腸ガンであることの予兆があったのか？

二つ目にどうしてこのようなテレビに出ることとなったのか？

三つ目にガンの告知を受けた時はショックはあったのか？

四つ目に手術場面を撮影することの承諾はあったのか？

五番目はこの講演のメインである、インフォームドコンセントはどのようにして行われたか？


その他、テレビに出ることの抵抗感はあったのかどうか？　もう一つ、多少、興味があるでしょうから申し上げますが、出演料は貰ったのか？　今でも抗がん剤を飲んでいるのか？　お酒は飲めるのか？　退院した後、ベートーヴェン〝第九〟を歌うことが出来たのか？　などについても、後半でお話しいたします。

大腸ガンの予兆

大腸ガンの予兆があったのかい云えばまったくありませんでした。なぜ、大腸ガンと判ったかといいますと、当時の勤務先、日本興業銀行、略して興銀と言いますが、興銀では春と秋に健康診断があり、その血液検査でガンを疑う数値が出たのでした。血液検査項目に血中のヘモグロビンの数字、ヘモグロビンというのは鉄分ですが、男性の基準としては十三〜十七、この数値は病院等によって多少異なりますし、女性の場合はもう少し低い基準となります。数値がそのレンジの中に入っていればいいのですが、私の場合、時系列的に調べますと、三年前からドンドン下がってきていて、平常値の十五から、遂に十二まで低下している事実が解りました。

低いなら低いなりに、高いなら高いなりにそのまま並行推移してくれれば、そんなに問題がありませんが、時系列的に右下がり状態が続くということは、血中鉄分が失われている、つまり、どこかで出血が起きているということでした。

大阪勤務時代の診療所の医師は私にこんな質問とアドバイスをしてくれました。

「鼻血が良く出ますか？　歯茎から血が出ませんか？　それがないようでしたら、胃か、腸から出血している可能性がありますので、東京に戻ったら（その時、既に東京への転勤内示がありました）精密検査を受けてください」

そして、東京に戻って胃と腸のレントゲン検査を受けたとき、胃には問題がなかったのですが、大腸にはさっきビデオでご覧になったとおり、大腸の専門医師が言いました。

「大腸の下あたりに、リンゴの形をしたところがありますが、これは何らかの腫瘍の可能性があります。腸管の中でどんどん腫瘍が増殖し、便の通りが狭くなっている状態となってなっています」

「先生、それはガンということでしょうか?」

「この腫瘍はガンの可能性がかなり高いと思われますが、生検、つまり、組織をとって検査するまでは、はっきりしたことは言えませんが……」


一週間たって、慶應病院に結果を聞きに行きました。結論は、

「上行結腸《じょうこう》ガンで、ステージ二の進行ガンです」

そのような段階で、大腸ガンとしての予兆があったかというと、全くありませんでした。先に申し上げたように、健康診断の血液検査でヘモグロビンの数字の低下によって異常が判明したのですが、ここにいらっしゃる学生の皆さん！　若いうちは健康でしょう。そういうことを心配する必要性がないかも知れませんが、できれば、機会をみて年一、二回程度は検診されることをお勧めしたいと思います。

テレビ出演の依頼

次に二番目の話となりますが、〝どうしてテレビに出ることになったのですか？〟その経緯は次のようなことでした。

当時、逸見正孝《いつみまさたか》さんというフジテレビアナウンサーがおりました。この方は早稲田大学出身の方で、大学のアナウンス研究会というサークルに入っていたようですので、あるいは学生の皆さんも、歴史をたどればご存じかも知れませんが、今から十年前の１９９３年12月25日に、胃ガンで四十八歳で亡くなられました。

その胃ガンは普通のガンではなく〝胃のスキルスガン〟と言って、胃の中ではなく、胃の外側、つまり、腹膜に向けて成長していく悪性のガンで、その生存率はわずかと言われています。胃の外側に出来ますので、胃カメラを飲んでも判らないガンなのです。それが進行すると、お腹の外側に突起が出来て〝これは一体、何なのだ！〟というような症状が出てきます。

何だか体調が悪い、よくよく調べてもらったらスキルスガンだった、というようなことになるようです。逸見正孝さんもその例に漏れず、お腹の外に突起物が出来てしまいました。アナウンサーや司会をしていることもあって、記者会見を行なったのでした。そのころガンを自ら宣言することは、殆どなかったのですが、彼は言いました。

「私の病名はガンです」

その時は、まだスキルスガンと判らなかったため、

「私は、まだ早期のガンですから、治して、また、皆様の前に戻ってまいります」

それから半年後に亡くなられました。

その前からガンは恐ろしい病気だということは、皆さん良くご存じだったのですが、アナウンサーという、身近にテレビ出演していた方が、ガンになったこともあり、ガン情報を放映する番組が矢継ぎ早に出た時代でした。

そして、テレビ朝日と慶應病院、その他の病院と組んで〝ガンは治る、ガンは怖くない〟というテーマで番組を作ることになり、それに出演する患者五人が選ばれました。胃ガンの方が二人、肺ガン、乳ガン、そして、私の大腸ガンです。こういうのを〝モデルガン〟（？）というのでしょうか？　一時間番組のうち私は十分ほど放映されました。

テレビの出演依頼は私の主治医、そして執刀医で、大腸ガンの専門医である渡辺昌彦先生でした。その渡辺先生は、今も、北里病院で教授をしていらっしゃいますが、当時から大腸ガンの手術では、日本で五本の指に入るというオーソリティでした。

「こういう趣旨の番組が制作されるのですが、濱田さん！大腸ガン代表でテレビに出演していただけませんか？」

「慶應病院に大腸ガンのため治療中の方がたくさんいらっしゃるのに、私がどうして選ばれたのですか？」

「それは、一つは濱田さんは家族を経由しないで直接ガンの告知を受けたい、と言ったこと、二つは、ガンは四段階のステージに分かれていますが、濱田さんの場合、まだ、第二ステージの段階で、転移はないと推測されますので、治すことが出来ます。

もう一つ、濱田さんは気丈夫！　ということからです」

「分かりました。テレビ出演を受けます」

ガンの告知

三つ目の話になります。

つまり〝ガンの告知を受けた時はショックを受けたか？〟というテーマです。それで、私はテレビに出ることの抵抗感はなかったのかといえば、やはり少しはありました。しかし、その時の主治医、執刀医の渡辺先生が言った次の言葉で、気持ちが非常に落ち着いたことを覚えています。それは以下のやりとりでした。

「濱田さんのガンは必ず治してみせます」

「治るのですか？　ありがとうございます」

「濱田さんの方でテレビに出る条件は何かありますか？」

「勤務先への影響があってもいけませんので、社名は出さないで下さい」

「それでは、その条件でスタートしましょう。そしたらですね、取材のための承諾書を書いて下さいますか？」

差し出された用紙は、二行くらい書かれた簡単な承諾書でした。確か〝テレビ局や医師等からの取材に応じることを承諾します〟程度だったと思います。私は住所と名前を書いて提出しました。

これで、撮影がスタートすることになりました。後で、テレビを見た方が、

「濱田さんのテレビ出演料はいくらだったの？」

「本当のところ、金銭的には、何一つ貰っていません。貰ったといえば、ビデオの素材テープ二本と、本番テープ一本、計三本で、値段にして千円くらいのものです。あと、テレビ朝日の名前入りボールペン一本でした」

「けれど、私は命が助かったことを出演料に換算すると、かけがえのない大きな出演料をいただいたことになったのではないかと、思っています」

ガンの告知を受けた時はショックを受けたか、その時の心境はいかほどであったか、ということに遡りますが、

「まあ、五十二歳、これで人生を終わるのは早いな。しかし、仕事も精一杯やったし、家庭も家族もうまくいったし、趣味もコーラスで大いに楽しんだし、まあ、いいか！ありがたいことに、先生が100％治してくれるというなら、人生、拾いものだ」

「ガンの告知を受けた時のショック度という観点からすると、日数で言えば半日程度でしたね。ショックを受ける期間は人によって長短があるとは思いますが、それを通過したら、ある意味、悟りを開く心境になり、死までの時間を自分で決断できると思いました」

「その時、私が考えたのは〝自分の命は自分で決めたい〟告知も人を介するのではなく、直接、自分が聞きたい、ということでした」

これは、木村利人教授が講義や講演、あるいは著作で〝自分の命は自分で決める〟ということをおっしゃっていますが、私が手術を受ける段階では、まだ、教授との接点がありませんでしたので、あとで、先生との考えと一致したことに感慨を覚えました。告知を自ら受けるという判断は、基本的には〝自分の命は自分で決める〟、このスタンスがあったからこそ出来たのかな、というふうに思います。

手術したあと、復帰までに二カ月半かかったので、お見舞いに来て下さった方に、「もしあなたがガンになったら告知を受けますか？」と聞いてみたのですね。数字の感触でいいますと、ガンの告知をしてほしい人は７割、ガンの告知をしてほしくない、は約３割でした。現在では、ほとんど100％に近い数字で告知されていますが、その時代はまだ抵抗がありました。

告知を盛んに奨励していた高名な医者が、自分がガンになった時〝出来たら私はガンの告知はしてほしくなかった〟といったエピソードがあったそうですが、これはその立場に置かれて、初めて判ることとです。学生の皆さんは、若いからまだガンになる年齢ではありませんが、お父さんやお爺さんがそういった状態に陥った時のことを考えて、何かの機会、たとえば誕生日会や結婚記念日などで話題にされては如何でしょうか。

「お父さん、ガンになった時どうする」

と聞いておくことが大事です。私たち夫婦は、

「ガンは必ずお互いに告知し合う」

という約束をしていました。でも、

「ステージ四の末期ガンの場合はどうなんですか？」

「私の場合は、それは同じことです」

と言いますが、大体の人は、

「ああ、それは決めていません」

という場合が多いのです。

手術を撮影することの承諾

四つ目の課題ですが、〝手術場面を撮影することの承諾はあったのか？〟

前に言いましたが、撮影の承諾書というのを書きました。承諾書の中には手術場面を撮るという項目はありませんでした。

私は入院しまして、二週間後に手術をし、テレビ放映があったのは、更に、二週間後でした。手術する直前に撮影のクルーが入ってきたらしいですが、麻酔が効いたあとだったので、全然判りませんでした。麻酔薬は背中の皮膚部分に小さな注射針四本を打ったあと、直径二〜三㎜もある大きな注射器で脊椎麻酔を打たれました。看護師は、

「少し背中を押される感じがあるかも知れませんが、動かないでください」

「これから手術始めます、濱田さん、濱田さんと5秒おきに呼びますので、その都度、返事をしてください」

「返事をしなくなった時には、麻酔が効いたものと判断しますから……」

看護師の呼ぶ声に返事をしましたが、暫く経って全く分からなくなって、四時間後に目が覚めたわけでした。あとで、手術シーンがテレビに流された時はビックリしました。手術の場面が撮られているのを知ったのは、そのビデオだったからです。

でも、自分でいうのも変ですが、お腹の中がとても綺麗だと思いました。（笑）皆さ

んもご覧になったでしょう。どう思われましたか？　気持ち悪かったですか？

ある友人が、

「濱田さんのお腹の中を見たけど、とてもきれいで、決して腹黒くなかったよ！」

といわれ、大いに自信を持った思い出があります。あとで、手術場面の素材テープ二本、四時間を見て判ったことですが、執刀医の渡辺先生のほか医師たちは五〜六人居ました。医師も長時間緊張しながら手術をしていました。当時は内視鏡手術がない時代でしたから、おへそを中心に縦に40㎝も切り裂き、お腹の脂肪を30㎝×40㎝の長方形、厚さ3㎝の板にし、まるで四角い大きなお餅のようにして別途保管し、また、5メートルもある小腸をビニールの巾着袋に、ドバッ！と入れてしまいました。腸管の周りには赤や黄色の脂肪の塊が付いていました。お腹を閉める時に、

「脂肪の塊を取ってくれればいいのに！」

と思いましたが、私の意志は麻酔で通じていませんでした。そのくせ、若い医師たちは、その美しい脂肪をみて、

「濱田さんは大阪にいた時、北（北の新地）や南（難波千日前）で随分飲んだんだな」

とか、言いながら手術の手仕舞いを始めていました。

さて、手術場面を撮影することの承諾がなかったということに、私の反論があるかと言いますと、治ったから言えるのですが、

「私の手術がどのようにして行なわれたのか、という記録にもなりましたし、滅多に見られない自分のお腹の中をみることが出来ましたので、それなりに、良かったと思いました。また、今回のことではありませんが、一般的に、医療事故が発生した場合などにもそれが役に立つと思いました」

インフォームドコンセント

五番目の課題〝インフォームドコンセント〟はどのようにして行なわれたか？

インフォームドコンセントというのは、木村利人先生から講義で何度もお聞きになったと思いますが、国語研究所が、この夏に発表した外来語の定義の中でインフォームドコンセントがありました。この新聞報道では〝納得診療、説明と同意〟という意味で書いてありました。しかし、私は〝納得〟というと、どうしても〝医者が患者を納得させる〟というイメージがありますので〝納得〟よりも〝合意〟が適切ではないかと思うの

ですが……。つまり、医者と患者は対等な立場であることが大事だと思います。

私は十年ほど前にインフォームドコンセントという言葉を知ったのですが、その言葉が、木村利人教授がアメリカから日本に持ち込んだものとは知りませんでした。それで、先ほど申し上げましたように〝自分の命は自分で決める〟ということの前提として、このインフォームドコンセントがあるのではないかと思い、それを実践したのでした。

ビデオにもあったように、私のガンの進行状況、治療の方法などを、主治医にどんどん確認していきました。

「早期ガンではないけれど、末期ガンでもない。ステージは二ということですね」

「スキルスガンの心配は、まったくない」

常に治療の懇切丁寧な説明と投薬の中身と効果、そういうものを説明してくれました。私も解らないものは解らないと、ズバリ主治医に質問することがありました。この中のエピソードを一つ紹介します。

食事をしたとき、また、おしゃべりをしたときには、胃とか腸管に自然に空気も入り込みます。それがゲップとなって出る、下に降りてきてガスになる、健康体ではそのことをあまり意識しませんでしたが、手術直後にはこのことが、とても大事だということを知りました。

つまり、ガスが出ることが、いかに医療的に大切なことかを知ったのです。それは、手術後腸管が貫通しているかどうか、確認する意味で有効な情報源なのです。ガスが二〜三日で出るか、一週間かかるかという確認が毎日ありました。私の場合七日間経過してもガスが出ませんでした。それで、若い医師が、確認のため、

「七メートルの細いビニール管を、鼻から入れて食道、胃、十二指腸、そして、五メートルの小腸と手術した大腸に通して、途中障害がなく貫通しているかどうか、確認します」

皆さん、こんなこと、考えられますか？

「そんなの嫌だ、やりたくない」

「それをやらないともう一度手術をしなければならない、つまり、ガスが出ないとい

うことは、腸管が癒着している可能性があります」

「それでは、執刀医の渡辺先生を呼んでくれませんか？」

渡辺先生は、

「判りました、それでは濱田さんがおっしゃる通り、もう一日待ちましょう」

そして八日目に、めでたく〝おなら〟が出たのでした。妻が喜んで手をたたきました。

先生も看護婦も、

「良かった、良かった」

と声を上げました。しかし、これまでの人生で〝おなら〟を出して、こんなに喜ばれたのは始めてでした。


そんなわけで、インフォームドコンセントはどのようにして行われたのか、という意味で言えば、主治医やそのほかの先生方との相談の中で自分の治療を決めて行く、ということでした。それで、大腸ガンが治りました。インフォームドコンセントがちゃんと出来たから治ったというわけではありませんが、合意のうえで治療を受けて、治って、満足して退院する、そういう良い関係、そして、良い対応が双方で出来ました。

ベートーヴェン〝第九〟

今でも、抗ガン剤を飲んでいるのか、ということですが、入院中、腹の手術痕に管を挿入し、抗ガン剤や腸内洗浄剤を注入していましたが、退院後は抗ガン剤を一度も飲みませんでした。

お酒は退院した日から毎日飲んでしまいました。12月23日暮れの退院ですから、退院したら〝退院祝い〟、第九を歌ったら〝打ち上げ会〟、正月には家族を含めて〝新年会〟があります。先生からは〝当分、飲んでいけません〟と言われていたのですが、それを守ることが出来ませんでした。その都度、理由をつけて飲んでしまいました。

正月過ぎに、初めての外来検診があり、血液検査のあと、診察を受けました。

「先生、そろそろお酒飲んでいいでしょうか?」

と尋ねますと、血液検査の結果をシゲシゲ眺めて、

「濱田さん、もう飲んでいたでしょう!」

「先生どうして判るのですか?」

「ガンマ－ＧＴＰが相当高くなっていますよ！」

先生にバレてしまっていたのです。そのあと、先生は、

「多少飲んでもいいです。そんなに気にしないでいいです」

「安心しました」

優しい先生でした。


退院した二日後の12月25日に三多摩第九合唱団による〝第九演奏会〟がありました。

私は、昭和三十八年に大阪で最初のアマによる第九演奏を企画したり、合唱団の代表をしたりしていましたので、第九は諳じており、その当時からドイツ語で歌っていました。第九は歌えるといっても、七十二日も入院していた身体ですから、それが持つかどうか、私も第九の仲間も心配してくれました。舞台では倒れた場合を想定して、私のところにだけ、ミカン箱を後ろに置いてくれました。

「もし倒れることがあればここへ座ってください」

実際には使いませんでしたが、歌っている途中、入院、手術、退院のことが走馬灯の

ように思い出され、一層の感動が込み上げてきました。その観客席にはお世話になった慶應病院の看護師たちも来てくれていました。その仲良しの看護師は退院した日に見送ってくれて、私に熱い言葉で、

「濱田さん、また、来てくださいね」

と言ってくれた方たちでした。

テレビ放映の反響

テレビに出た反響はあったかということで言いますと、翌日、病院内の廊下を歩いたり、エレベーターの中にいますと、

「濱田さんでしょう、昨日、テレビを見ましたよ」

「ありがとうございます。必要ならサインして差し上げましょうか（笑）」

そんなふうに、その当時は有名人になったということがありました。また、知らない外部の方からも次のような面白い話がありました。退院後の正月過ぎに、突然、家に電話がかかってきました。

「大腸ガンの手術をした濱田さんですか？　その後経過はいかがでしょうか？　健康

体に戻りましたか？」

「ところで、おたく様、どちらの方ですか？」

「テレビを見ていて、濱田晃好さんというフルネームが出ましたので、立川市とか八王子市の電話番号を調べたら、八王子に濱田さんが出てきました。それで電話しました」

「それで、私に電話してきた用件は何なのでしょうか？」

「実は、私も大腸ガンの手術を受けることになっているのですが、あの時の濱田さんが生きているか、どうかを確認したかったのですよ。ごめんなさいね！」

このような話が三件もありました。テレビの影響がすごく大きいと思いました。そして、その人たちを励まして〝手術したら治りますよ！〟と言って電話を切りました。

病院仲間のサークル結成

元勤務先、興銀の仲間もこのテレビを見ていた人が多く、私にどんどん質問が来ました。いろんな状況についてアドバイスをしましたが、そのうちの三割がその後、大腸の手術をしました。実際にそれで治りましたね。

手術した人、これから手術を予定している人を含め、十人ぐらいの大腸サークルを作りまして、私はその会長（？）におさまりました。そのサークルの名前ですが、町内会をもじって〝腸内会〟と命名しました。これは受けましたね！　この会は五年間ほど続きました。

入院当時、病室は六人部屋でした。すべての患者が大腸ガンではなく、胃ガン、食道ガン、胆嚢ガン、肺ガン、大腸ガンでした。ほとんどの方が二～三カ月の長患いでしたので、見舞いにこられた奥様方とも仲よくなり、退院してからも十年間、患者五名とその奥様、計十名が、年一～二回集まって励まし合うとともに近況報告会を行うのでした。

この会を、慶應病院患者同窓会でなく、同部屋のベッド仲間ですから、名前を〝慶應病院同床会《どうしょうかい》〟と命名しました。今でも、年賀状等の交流を続けております。元患者は今もって健在というお便りが一番嬉しいですね。

〝幸せなら手をたたこう〟

今日お話ししたいことは以上のとおりなのですが、追加で、木村利人教授とその奥様のことを、少しお話しさせて下さい。

木村利人先生と奥様の恵子さんは、最初に申し上げましたように私たち夫婦と同じ霊南坂教会の教会員です。私からみれば、幼少期から教会に通っておられる大先輩の木村ご夫妻ですので、いろいろな意味で、敬意をいだいている方で、私たち夫婦は大変に尊敬いたしているお方でもあります。

この木村利人先生は、ご存じだと思いますが、早稲田大学の教授だけでなく音楽の世界でも大変有名な方です。歌で言いますと〝幸せなら手をたたこう〟を作詞した方です。このこと、知っている方いらっしゃいますか？　ご存じの方、手を挙げてみて下さい。

(学生から〝へ～〟という声が聞こえる)

「挙手した方は20％くらいですから、あまりご存じなかったのですね」

木村先生は二十歳の頃、早稲田大学在学中にあの歌をお作りになったということです。〝幸せなら手をたたこう〟のメロディそのものは、元はスペイン民謡ですが、木村先生が、歌いやすいようにかなり修正、編曲されて今のような歌になり、亡くなられた坂本九ちゃんが歌って、一躍、日本の代表歌、そして、世界の歌になりました。

私も、病気が快復してうれしいですし、皆様も早稲田大学の学生として、日々、幸せにお過ごしだと思いますので、講義の教室ですが、皆さんとともにこのうたを歌ってみ

たいと思います。（笑）

それでは一番は〝手をたたこう〟、二番は〝足鳴らそう〟、三番は〝肩たたこう〟、四番は元に戻って〝手をたたこう〟にしましょう。皆さん、どうぞ、ご一緒に歌って下さい。

♪幸せなら手をたたこう、幸せなら手をたたこう、幸せなら態度でしめそうよ、
そら、みんなで手をたたこう

♪幸せなら足鳴らそ、幸せなら足鳴らそ、幸せなら態度でしめそうよ、
そら、みんなで足鳴らそう

♪幸せなら肩たたこう、幸せなら肩たたこう、幸せなら態度でしめそうよ、
そら、みんなで肩たたこう、

♪幸せなら手をたたこう、幸せなら態度でしめそうよ、

そら、みんなで手をたたこう

「ありがとうございました」

　木村利人教授、再登場

　まさか、私の歌が出て来るとは思いませんでした。学生時代にフィリピンで青年国際交流ボランティアをしたときのことです。フィリピンというのは、一時、スペインの支配下にあったため、スペインの民謡がフィリピンの民謡に置き換えられ、そして、僕がその曲に詞を付けたのが〝幸せなら手をたたこう〟でした。

　今日はその話ではなくて折角のチャンスなので、濱田さんに、或いは奥様もいらっしゃいますので、皆さん方から質問していただきたいと思います。こうやって十年前に、ガンの手術をなさって生きられて、映像で見ましたが、すごい手術ですよね。

　あの映像は、恐らく日本で最初に流れたテレビの手術現場の映像なのですね。僕がこれを見て一番ショックだったのは、それを撮るということを本人には一切告げられないで、しかもテレビという形で公開されて、会社の方が、

「濱田さん、休んでいたけどガンだったの？」

ということで電話がかかってくる。そういうことに対して、濱田さんは、

「命が救われたから良かった」

と言うふうに、大変に理解ある医療対応をお示しいただいたわけですけれども、どうですか、皆さん方、何か質問があったら手を挙げて下さい。

学生との質問コーナー

［学生］手術後に切り取ったガンを家族に見せたことですが、事前に、医師からガン部分を見せることの了解が、本人や家族にあったのでしょうか？　また、ご本人にその抵抗感はなかったのでしょうか？

［濱田］家族に患部を見せたことですが、以前から、手術後に病院や、その主治医が行う仕事の一部だということを私は聞いておりましたので、もし、ガン本体を見せられたときは、腸管の裏側にガンが出ていないかどうか、つまり、転移の可能性がないかどうかを確認しておいてね、と妻に指示していたのでした。

［先生］奥様としてはどういう感じでしたか？　実際にご主人様の患部をドーンと持ってこられて、見せられて、驚いちゃいますよね。アメリカではやりませんし、何しろ残酷ですよね。

［妻　］見せて頂くことは、当然、前もって判っていましたので、見たくはなかったのですが見ました。目で確かめられました点は良かった思います。

［学生］質問します。先週の授業でインフォームドコンセントを行う場合は、医療用語などではなくて、平易な言葉で説明をして患者さんに理解して頂く、と習ったのですが、濱田さんは大腸ガンとお判りになった時に、何かご自分で勉強なさったのか、それともお医者様からそういうことを説明していただいたのでしょうか？

［濱田］私が最初にバリュームを飲んだシーンがありましたが、あの時にさっそくやったことは何かというと、大腸ガンの本を買いに行ったわけですよ。その本を丹念に読んで、医者に質問するところを黄色い蛍光ペンで全部印をつけたのです。ステージが一～四まであり、一が早期ガン、二が進行ガンで転移なし、三が進

行ガンで転移あり、四は末期ガンであることなど、その本を読んで初めて知ったのです。あらかじめ知識を入れて先生にそれをぶっつけていきました。先生から教わったということではなく自分で勉強してそういう質問をしました。

［先生］当時としては、日本の患者としてはとても、あるいは異例な出来事で、インフォームドコンセントを実践した開拓者のようなケースとなります。

［学生］先ほどの映像の中で、濱田さんがとても明るく見えたのですけれど、手術室に入る前の笑顔が印象的でした。それは自分はそういう性格だったというのか、それともインフォームドコンセントを通して理解したからか、家族の愛情があって安心感が生まれたからか、いろいろ要因があると思いますが、どういうところが大きかったのでしょうか？

［濱田］一番大きな要因は、主治医から「濱田さんのガンは100％、治してあげるよ」という一言があって、私を明るくさせてくれました。実際には手術室に入るあの瞬間〝これで私の人生が終わるかも知れない〟と一瞬思いましたが、入ってしまえば〝大丈夫だ、助かる〟というふうに思いました。インフォームドコンセ

ントももちろんありますが、楽天的な性格もあること、そして、手術室にむかうとき、どうせ麻酔を掛けられては頑張りようがないので、子供たちには〝頑張ってね〟はなし〝行ってらっしゃい〟にしてね。そうしたら〝お帰りなさい〟っていって迎えてくれるでしょう。出勤と同じで、あまり、深刻にはならなかったですね。多少、笑っていたのは、テレビの前では不謹慎だったかも知れませんが……。

［学生］ちょっと手術の話とは関係ないかも知れませんが、大腸ガンになったという事実に対して、なぜ自分だけこんな目に合わなければならないのかとか思いましたか？　もしもそれを思ったなら、それをどういうふうに濱田さんは克服されたのかを質問します。

［濱田］私は食べ物で言いますと野菜が好きです。だから、大腸ガンにはならないと思っていました。大腸ガンが欧米に多いというのは、肉食が多いから、と聞いていましたから。妻は肉が好きで、私は野菜系が好き、というのに、妻は健康で私は大腸ガンに罹る、何だか損をした気分になりました。先程も言いましたが、

大腸ガンと言われて、半日は悩みましたけれど、人間はいつかは死ぬわけですので〝五十二歳で若いが、生還できなければそれでいいか、でも、そんな越えられない病気でもないな〟と瞬間的に思いました。

［学生］インフォームドコンセントについてですが、濱田さん自身が大腸ガンについて勉強したということで、医師とコミュニケーションがとれたと思うのですが、ほかの患者もガンについて勉強をする必要があると思われますか？

［濱田］病気になったときは、事前に勉強して治療を受けるのを基本としておりました。学生の皆さんの立場でいいますと、皆さんのご両親とか、おじいさんおばあさんで、そういう事情が生じれば、皆さんが勉強して病院に付いて行ってあげる。そして、用意した質問の内容を聞くとか、そういうことをしてあげて欲しいですね。そして、医者と対等にわたり合って、合意のうえで治療に臨むということが大事だと思われます。ただ、どれだけ勉強しても、素人は素人で医者に対抗できるわけではありませんが、素人の限界まで勉強して、対応することが必要ではないかと思います。

［学生］ガンの告知ですが、何故、家族を介さずに受けようと思ったのか？　告知を受けた時、奥様等ご家族はどのように考え、夫婦間でどのような会話がなされたのでしょうか？

［濱田］家族を介すると本人に真実が伝わらない可能性があります。末期ガンの場合は医師と家族との密約（ガンであることを隠す）があったりして尚更です。私は例え末期ガンでも、最後にすること、伝えたいことがあると考えていましたので、直接告知を受けたいと思いました。また、インフォームドコンセントを基本に治療を受けたいとも考えていましたので、真実が知りたく、本人への直接告知を希望しました。妻へのガン第一報は私からでした。
妻はガンでないことを祈っておりました。ガンと判明したときは、私以上にショックを受けていましたが、私の母親が胃ガンで手術したにも関わらず、九十九歳まで長生きしましたので、私は〝濱田家のガンは治る〟と伝えましたら、〝そうだったら良いね〟と言っておりました。

［学生］ガンの場合、三～五年後に再発する確率が高いと聞いているが、再発の心配や

［濱田］再発した場合の告知、手術を希望するか？　また、手術後、強いストレスを感じたことはありましたか？

［濱田］再発した時はその時の運命と思っておりましたので、心配しませんでした。もっと言えば、ガンが再発したら、その時に考えるのが私の基本スタンスです。再発した場合の告知、手術は勿論希望します。例え、末期ガンであっても同じです。性格的にあまりストレスを感じる方ではありませんので、なかったように思います。

［学生］ガン手術を経験する前と後とでは生き方、考え方などが変わりましたか？

［濱田］手術した時はまだクリスチャンではありませんでした。永年、ミサ曲やレクイエムを歌い、宗教曲に相当な関心を持っていたこともあり、神様に感謝したいと思い、健康を取り戻してから霊南坂教会の門を叩きました。生き方が変わったとすれば、人生、仕事、家族、健康について神様に感謝したいと思ったことです。

［学生］手術後に患部を見せることが必要か？　日本の場合、見せることが慣例だそうですが、それは何故でしょうか？

［濱田］過去に、ガン以外、例えば盲腸疾患でも、摘出した患部を見せるということを聞いていましたので、私の場合も当然のように見せて貰えるものと考えていました。これが医師と患者の合意事項だとは考えていませんでした。他人が見ることは別にしても、本人や家族が確認することは必要だと思います。もし、医療事故があった場合、素人の限界はあっても、多少の証拠や証明になるかも知れませんから……。

［学生］濱田さんは日本で五指に入る大腸外科執刀医の渡辺昌彦先生とおっしゃいましたが、この渡辺医師とはどのようにして出会ったのですか？　また、その主治医は入院から退院までの心のケアもしてくれたのですか？　病院側は濱田さんの姿勢に協力的でしたか？

［濱田］興銀という職場内の診療所の所長、この先生も元慶應病院医師ですが、想定される病気の進行具合、必要な手術水準等を見て慶應病院を選んでくれていまし

た。そのとき、初めて渡辺先生と出会いました。心のケアですが、私自身は余り必要性を感じませんでした。手術後は必要な時に看護師さんを経由して先生を呼び、ベッドに来てくれましたので、安心して治療を受けられました。病院に対しては満足しています。むしろ感謝でした。

[学生]　濱田さんは肉より魚、又は野菜が主だったので、大腸ガンを想定していなかったそうですが、前職の銀行員としてのストレスの影響がありましたか？

[濱田]　ガンのストレス原因説からこの質問となったのでしょう。どこの職場でもストレスがあります。銀行にいたから大きなストレスがあった、ということではないと思います。

[学生]　定期検診でガンが判明したとのことですが、専業主婦はどうすればいいのですか？　また、血便では判らなかったのですか？　あんなにたくさんの大腸を切除して、機能は残されていたのでしょうか？

[濱田]　専業主婦でもご主人の職場の家族定期検診（例えば人間ドック）で血液検査が

受けられます。また、希望者は定期健診の際、便検査を受けることが出来ます。私も便検査を受けていましたが、異常なしでした。検査日に出血していなければ陰性と出ます。正確性を期す場合は日を変えて三回ぐらい受検しなければ判明しないことがあるようです。

大腸切除のシーン、ビデオでは大きく映りましたが、実際には大腸一メートル半のうち、30㎝とその周辺のリンパ腺を切除しただけであと一メートル20㎝残っています。手術直後では排便に頻度、水溶性等の影響はありましたが、一〜二カ月で正常に戻りました。私の場合は小腸に近いところでしたので、影響は少なかったのですが、出口に近いところでは正常に戻るまで長期間かかる、と聞きました。

［先生］

僕の北海道の友人は、非常にまれなガン、あごの骨の中に腫瘍ができてしまって、北海道大学の医学部で手術しました。手術しても成功の確率は極めて少ないという、そう言う病気なんですね。その友人も、やはり自分で病気を勉強して、きちっと情報を得て手術を受け、そして元気になりましたよ。

ですから、やっぱりそういう意味での患者側の努力も非常に大事と思われます。今日は本当に私たちとしては、もう十年も前に、こうやってビデオの映像で、血みどろの大腸ガンの手術をしているところを、目の前で見てですね、最初、皆さん方の声を聞いていたら〝うわっ〟という声がしましたが、もう本当に見られない映像を見て、しかも、そこで治った濱田さんをお迎えしてお話が聞けるという大変に有益な時間を持てたと思います。濱田さんと奥さんに心から拍手をしてお礼をしたいと思います。本当にありがとうございました。

（拍手）

講義は既定の時間より十五分早く終わった。その十五分は今日の講義の感想文を書かせる時間であった。後日、学生二百人余りの感想文がコピーされて、私の元に届けられた。皆、しっかりした文書が書けていたので、感心したことを覚えている。そのなかから、二つの感想文を読んでみたいと思う。

（早稲田大学・人間科学部・三年A子さん）

私にとっての濱田さんの第一印象は〝明るい、おもしろい！〟でした。

短時間でしたが、話を聞いて、とても魅力的な人だと思いました。前に、ガンという病気を経験しているようには思えないくらい明るい人でした。ガンと向き合って克服できたのは、医者や家族の協力に加えて、濱田さん自身の努力（大腸ガンについて自ら進んで勉強したこと）や、持ち前の明るさがあったからだと思います。

ビデオの映像はずっと観続けることができない程、グロテスクでした。あの映像を、全国の人々に観てもらうなんて、本当に勇気のいることだと思います。けれど、濱田さんの番組出演により、たくさんの人が励まされて、自分の病気に前向きに取り組んで、完治できたことを知りました。濱田さんの番組出演は、日本の医療が変わるきっかけになったと思います。そして、濱田さんには人を惹きつける何かを持っている人でした。最後に、〝幸せなら手をたたこう〟の濱田さんの歌声、すばらしかったです！

（早稲田大学・人間科学部・二年Ｂ君）

私は、たいがい、人の講演というものを聞いているとつまらないし、昼食のあとだけに寝てしまうのが常ですが、今日の濱田さんの話は、とてもおもしろくて寝るどころではなかった。

実際に自分の身体で、インフォームドコンセントとガンの手術を乗り越えられた濱田さんのビデオとお話は、すごく分かりやすく興味深いものであった。

医者から〝濱田さんのガンは100％治します〟と言われたこと、ガンや死に対する恐怖をこの言葉一つで超えることができたと思う。病気になったら、こういう医師とめぐり合いたいと思った。また、濱田さんが〝自分の命は自分で決める〟と言っていた言葉が大変印象的だった。本人と医者の合意に基づく治療、インフォームドコンセントが基本にあるからだろう。

ビデオにあったが、手術直後に集中治療室で娘さんと手を握り合っている姿を見て、家族の絆の大事さを知った。常日頃、家族を大事にしている証拠でもある。

なお、小学校の朝礼などで歌っていた〝幸せなら手をたたこう〟を作った先生の授業を聞いていると知って、大変驚き、不思議な気持ちだった。

（以上）

早稲田大学人間科学部バイオエシックス

木村利人教授の定年退官記念講演会にて

（２００３年10月９日）

第四章　サルコイドーシス（難病）

十年前に猛烈な倦怠感が発生、日頃どんなに疲れていてもソファーに寝そべる、というようなことがないのに、その時ばかりは会社や家に居ても横になってばかり。最初の症状としては、だるい、すぐ疲れる、眠い、身体が重い、やる気が出ない等だった。

長年通っている主治医に相談したら、腎臓病の疑いがあると言うことで、急遽、慶應病院に入院することとなった。

何度も行なった血液検査では、体内に炎症反応（ＣＲＰ）あり、赤血球（ヘモグロビン）が異常に低く貧血状態、血中に必要以上にカルシウムが溶け出している、腎臓数値（クレアチニン）が異常、とのことで、第一次的には腎臓病という判断がなされた。

しかし、腎臓が悪いのははっきりしていたとしても、腎臓に悪影響を与えている元の原因があるはずで、それを特定しないと病名確定や治療ができない、とのことであった。

そして、一ヵ月間かけて頭部ＭＲＩ、胸部ＣＴ、肝臓・膵臓・胆嚢等腹部エコーとＣＴの両方、大腸のカメラ、心臓集中エコー、腎臓生検、骨ガン、血液ガン、血流、眼科、アイソトープ（炎症箇所の特定）、循環器系の検査など、ありとあらゆる検査をした。

そして、医師たち十人ほどが集中してカンファレンス（検討会）を行ない、検査資料を詳細に分析した結果、私の病名は〝サルコイドーシス〟という難病と決定した。慶應病院の腎臓内科でも、非常に珍しい病気だそうで、判定が遅れたのはそうした理由からであった。


サルコイドーシスは免疫異常の病気で、本来はガンやウイルスや細菌を攻撃する良性のマクロファージ（異物を捕らえて殺す細胞）と言う物質が、逆に自分の身体を攻撃することによって発生する病気で、何故、そうなるかは判明していない、つまり、原因不明ということで〝難病〟指定されている。

そのサルコイドーシス現象は、私の場合、腎臓、眼、心臓に表れており、他臓器に飛び火する前に治療が必要ということで、大量のステロイド投与（６錠、30㎎）が始まった。ステロイドは当初の６錠から二年かけて１錠に減った。ステロイドは免疫力を低下させるので、治療過程では感染症にかかるリスクがある、ということで、あまり外に出ない、ゴルフ等運動は禁止、散歩程度は認めるが、仕事についてはストレスを出来るだけ受けないようにする、と言う医師の指示であった。

後で判ったことだが、サルコイドーシスという難病の判定がある前に、

「今、ある病名（サルコイドーシス、その時点では、医師はマル秘にしていた）が浮上しています。最終検査を待って結論としますが、もし、その病気でなければ、濱田さんの病気は〝うつ病〟となります」

と医師が言った。私は、目を見張って、

「その病気、うつ病が気に入りましたので、是非とも、その病名を付けて下さい」

結果は難病のサルコイドーシスとなった。

ステロイドは怖いと言うが、私の場合はステロイドを飲んだ翌日から倦怠感がなくなり、すっかり元気になり、食欲も元に戻り、副次効果で花粉症も治った。私にとってはとても良薬と思った。それにしても難病のサルコイドーシスという名前、フランスの元大統領サルコジ大統領と似ていたため、この病気になって、なんだか急に偉くなったような気がした。

サルコイドーシスを発病してから、既に、八年経過したが、腎臓、心臓はいまだに治

療を続けている。医師が言うには、

「サルコイドーシスは難病であるが、ガンより軽い病気であり、時間の経過で治ることもあるので、そんなに心配することはない。また、この病気は他人に移ることもない」

「但し、加齢もあり、ストレスをなくさないと、病気はなかなか治らないので、早く会社を辞めて、悠々自適の生活をして下さい」

このアドバイスをいただいたので、喜んで、当社役員に伝えた。

第五章　前立腺ガン

男性の場合、加齢とともに尿が出にくいとか、勢いがないとかのトラブルが、かなりの確率で発生する。私も六十七歳のとき、異常を感じてＰＳＡ検査（血液）を受けた。

ＰＳＡは前立腺特異抗原を調べる検査である。主として前立腺から分泌されるタンパク質を計る検査で、一般的に4ng/mL以下が標準値とされている。検査の結果、その数値が正常値の約二倍、8ng/mLを超えることがしばしばあった。

正常値を超えると前立腺肥大、または、前立腺ガンの疑いありとされ、私の場合、生検を受けた結果〝前立腺ガン〟との判定であった。通常は長年通院している慶應病院で手術を受けるのであるが、近くのかかりつけの医師の勧めで順天堂大学病院（順天堂病院）を選択した。

順天堂病院では前立腺の全摘を勧められたが、仕事の関係で一カ月も休むわけにはいかないとして、無理を言って〝小線源療法〟という手術をしてほしい旨、申し出た。
ここでも、大腸ガンの時と同じにインフォームドコンセントを頭に描いて、泌尿器科の医師に意向を伝えた。小線源療法はアメリカから技術輸入され、日本では２００３年７月に認可されたばかりで、私が、この手術を受けたときは許可されて、まだ六年くらいしか経っておらず、国内では手術ができる病院は限定され、順天堂病院でさえも、月に二例程度、しかも、和久本先生という先端医療を積極的に取り入れている医師に限られていた。私の主治医はその和久本先生であった。

小線源療法は放射線を放出する密封小線源（カプセル）と呼ばれるもの（約１㎜×５㎜の小さなチタン製カプセルに密封された放射性同位元素ヨウ素１２５）を前立腺の中に多量（60～80個）に留置して、内側から放射線をガン組織に照射する治療方法である。ガン組織には高い放射線量が当たるので、強い治療効果が得られ、仮に線源から１㎝離れるだけでも放射線量が極端に低くなるため、周囲の組織には極めて低い線量しか当たらず、周囲の正常組織の被爆量は低くてすむ。この方法だと入院は三泊四日程度ですむので、仕事への影響は殆どない。

私の場合、ピン（カプセル）は計66本打ち込まれ、今も体内に残っており、死ぬまで埋め込まれるが、放射線が放出されるのは半年程度なので、体内被爆については特に問題はない。これも、めでたく完治した。

（手術日：２００９年1月27日）

第六章　腰部脊柱管狭窄症

七十歳の頃だった。それより二年ほど前から左足股関節の痛みが出た。最初は違和感を感じる程度であったが、マンションの近く、雑司ヶ谷墓地の中を散歩する際、途中で休憩（二〜三分）をするようになり、それが二〜三回だったものが、その時点では五〜六回休まなければならず、散歩時間を五十分から三十分に短縮せざるを得なくなった。

次の段階では、散歩だけではなく通常の歩行にも支障が出て、歩速が遅いため妻との距離が段々長くなり、待ってもらうほどになっていた。途中、休む時は左足首を右足腿に乗せて、多少前かがみになるといくらか楽になり、再度、歩けるが、二百メートルごとに休む必要が出ていた。

この二十年間、いろいろな病気で通院している慶應病院で足の痛みを訴えたところ、院内の整形外科を紹介され、股関節のレントゲン、ＣＴなどで検査を受けたが、異常なしとのことで、それ以上の治療の進展はなく、しかも、慶應病院ではＣＴ、ＭＲＩを撮るのに、順番待ちで三カ月もかかり、病状が悪化の一途をたどっていた。

生活面や仕事面でも支障が生じる事態から、素人の判断ではあるが、股関節に異常があるのではなく、ヘルニアや脊柱管が原因で痛みが発生しているのではないかと思い、以前、居住していた八王子に、脊椎外科クリニックという専門病院があることを知り、出かけた。

脊椎を専門にしているクリニックは国内ではここだけだそうで、即日、原因が判明した。病名は〝第四腰椎すべり症〟と〝腰部脊柱管狭窄症〟という判定であった。

手術日がすぐに決まり、第四、五腰椎固定術の手術を受け、四本のボルトが打ち込まれた。そして、四本のボルトをつなぎ止める金属板も挿入、固定された。手術の翌日には室内を歩くように、また、翌々日には院内を歩くように指示された。手術痕のキズの痛みはあったが、歩くことの痛みはなかったので、三日目には八王子駅までの五百メートルを往復してみた。用心のためポケットベルのようなものを持たされた。痛みはなく快適であった。手術後十日ほど入院してめでたく退院、〝あの痛みはいったい何だったのだろう〟と思うぐらいスッキリした。

やはり、日頃、精進していると治りが早く後遺症もないというのが判った。朝の散歩も再開、手術前は妻に追いつくのが大変だったが、今は追い越しが常態化し〝あれほど面倒をみてあげたのに、私を置いて行くなんてなんなのよ！〟と叱られている。

（手術日・２０１４年３月17日）

第七章　心臓冠動脈ステント置換

五年前の春だった。〝心《しん》サルコイドーシス〟を治療しているうち、冠動脈三本のうち一本が完全に詰まっていることが判明した。慶應病院の医師は、
「あとの二本が、心臓の下部から毛細血管伸張で血流を支えてきたので心筋梗塞が起きないで済んだが、もし、あと一本詰まったら即死ですね」
と脅された。直ちに、足の付け根からカテーテルを二本通し、詰まっている両側から穴あけが始まった。９㎝も詰まっていたので、ステントを三本必要とし、その金額はアメリカ製コバルト金属で〝乗用車一台分の値段〟と言われ、途中で〝手術、止めて！〟と叫びそうになったが、治療後、立派な血液がところ狭しと流れているのをモニターで見たので、大変安心した。

私はもともと〝気が弱い〟とか〝心臓が弱い〟とか、皆様に言われてきたが、このことが原因であった思われ、納得した。

（手術日・・２０１３年４月11日）

第八章　心臓弁膜症

　サルコイドーシスの治療を慶應病院の腎臓内科で受けているが、この病気は肺や心臓に飛び火する、との判断から、今でも循環器内科で定期的な検査を行なっている。その検査のなかで、心筋梗塞が発見され、先の〝心臓冠動脈ステント置換手術〟が行なわれた。

　これもサルコイドーシス治療の副次効果であった。知らなければ、今頃、天国に行っていただろう。

　それだけではない。定期的な検査をしているうちに、次に〝心臓弁膜症〟の疑いがあり、エコー検査が行なわれた。

　全身の血液はまず右心房からスタートして、右心室、肺循環、左心房、左心室という順序で流れていき、そこから大動脈に出ていくのである。心臓内には四つの弁があり、私の弁膜症の場合はエコーの画像を見ると、最後の左心室から大動脈に送られる大動脈弁に異常があり、弁が完全に開かず半分くらいになっている。これは、エコー画像を見て私自身が確認できるものであるが、医師は聴診器を当てればすぐに判るものらしい。

自覚症状があるかといえば、月に一度程度、早朝に近い夜中に、鼓動が猛烈に速まる動悸が発生する。最初は〝これで死ぬのか！〟と思ったが、何度も繰り返すうちに慣れてきて、医師も〝この動悸程度で死ぬことはありません〟と言ったので、あまり、心配することはなくなった。動機は短いときで5分、長いときで20分ぐらい続くが、経験からすると、身体の左側を上にして横向きになり、深呼吸を続けると潮が引くように収束する。このコツを覚えてから、発作が起きたら必ずこの姿勢をとることにしている。

大動脈弁の異常には二つあって、一つは、弁がかたく開きにくくなる〝狭窄症〟と、弁が閉じにくくなり血液が逆流する〝閉鎖不全症〟とがあるが、医師は私の場合、狭窄症であると教えてくれた。大動脈弁狭窄症は左心室から大動脈へ送られる血流の流れが妨げられ、左心室への負担が大きくなるので、心肥大が起こったり、左心室の機能が低下したりして、重傷になれば心不全症状が現れるとのことであった。

弁の機能を復活させる手術は股間から通すカテーテル治療と心臓弁膜手術があるが、

医師は〝まだ、その時期には来ていない〟とのことで、結論としては経過観察ということとなった。ただ、手術をする場合は八十歳までが望ましい、とも教えてくれた。

第九章　肺炎

八年前と七年前の二回、肺炎に罹った。一回目の都立大塚病院では〝相当重篤で危ない状態！〟と言われ、そろそろ私の人生〝年貢の納め時〟かと思った。これまでの人生で何度も年貢を納めてきたので、これにも慣れてきた。

治療としては抗生物質しかない、として点滴が始まった。肺炎に効く抗生物質は四つあるが、症状と体質によって点滴する抗生物質が異なるとのことで、まずは第一点滴薬から治療が始まった。この抗生物質はまるで効かなかった。次の日に、二つ目の抗生物質が投与された。不思議なことに、これが劇的に効いて急速に回復、39度あった熱が37度まで下がった。完全に治るまでは用心が必要とのことで十日ほど入院した。薬によってこれほど効果の違いがあることを初めて知った。

二回目の肺炎は〝そんなに重傷でもない〟との医師の判断から入院不要、自宅安静治療で治った。肺炎に免疫ができたのだろうか？

（入院日・・２００８年５月３日）

第十章　眼《がん》ぶどう膜炎

これまでの五年間に眼を三回手術した。サルコイドーシスが原因の〝眼ぶどう膜炎〟手術、そして、白内障手術、もう一つ、逆さまつげの除去手術だ。加齢にも関わらずだんだん視力が良くなってきた。白内障手術や逆さまつげの除去手術は老人になれば半数程度手術するので、珍しい病気ではない。

問題はサルコイドーシスが原因の眼ぶどう膜炎である。これは、老人病ではない。若い20～30歳台の男女にもに起こりうる病気である。前にも書いたが、サルコイドーシスは原因不明の病気で、何らかの病原微生物の感染がきっかけとなって身体の中の免疫が過剰に反応することで発症するのである。

その症状が肺や心臓に現れ、眼に現れるのが眼ぶどう膜炎である。実は、慶應病院の医師は、私の身体の隅々まで検査してやっと判明したサルコイドーシスという病名は、眼ぶどう膜炎を発症していることを証拠に、確定したとのことであった。

眼ぶどう膜炎は網膜血管の炎症が起こり、目がかすむ、まぶしい、充血する、飛蚊《ひぶん》症《しょう》の症状がでる。最初は白内障ではないかと自己判断したが、医師は眼ぶどう膜炎と白内障の合併症である、とのことであった。治療としては白内障を手術すると同時にぶどう膜炎を除去するとのことであった。

（眼ぶどう膜炎手術日：２０１１年9月6日）

番外編　手首骨折

八王子で仲間二十数人を集めて金婚式を行なうこととなっていた。前日に八王子に入り夫婦で前夜祭、つまり行きつけの高尾にある小料理屋に飲みに行った。この小料理屋は〝魚勝〟といい、前に高尾に住んでいたころから、気に入って通っているお店である。高尾という山奥にありながら、実に刺身料理が美味い店で、ボリュームがあり値段もリーズナブルである。仕入れは築地でなく横浜の魚卸市場からであった。

もう三十年近く、殆ど毎週通っているので、お店の方たちと家族ぐるみのお付き合いをしている。気心の良い人たちの家族経営である。

そこで、金婚式の前夜祭を行ない、お店からは〝フグのフルコース〟のお祝いをいただいた。上機嫌で八王子のマンションに戻ったのは良かったが、タクシーを下りたとたん道路の段差を踏み外して転んでしまった。道路をわたる時に左右から来る車を念入りにチェックしたが、首を降って確認したとたん、よろけて左側に倒れ、左膝、胸骨、左手をアスファルトに打ちつけだ。

妻は横にいたが、助けてくれなかった。決して故意ではなかったと信じている。それほど瞬間的な出来事だったに違いない。何とか起き上がってマンションまでたどり着いた。その日は、酒のせいか思ったほどの痛みを感じなかったので〝バタンキュウ〟で寝てしまった。

翌朝、つまり、金婚式パーティの当日である。起き上がったら、打ったところ、つまり、左膝、胸骨、左手がすごい痛みである。パーティは昼時であったので、午前中に整形外科に立ち寄った。診断は左膝の打撲と肋骨のヒビ、そして、左手首の骨折であった。

二十人もの金婚式パーティで、私たちが主賓であると同時に主催者側でもあったので、メンバーには事前に〝風邪を引かぬように、インフルエンザには罹らぬように、けがをしないように〟と伝えておいたが、その掟を破り、当の本人が骨折をしてしまった。何と心がけの悪いことだろう。パーティを休むわけにもいかず、三角巾を肩からぶら下げて裏高尾の〝うかい鳥山〟に向かった。皆は私を見てビックリした。そこに、何とも痛々しい、私がいたからである。

八王子には有名な〝八王子芸者〟がいた。テレビドラマにもなり、東京ではかなり人気のある芸者たちであった。十年ほど前から年に一回芸者を呼んで開く地元の忘年会があり、私たち夫婦は元高尾に住んだ縁でそのメンバーになっていたので、芸者代表で、そして、置屋のご主人〝めぐみさん〟とは親しくしていただいていた。その関係もあって、金婚式での盛り立て役を頼んだ。

私がその会を主催したのは、八王子芸者がこんなにも芸術性が高く、品のあるおもてなし、そして、若く美人揃いの方たちであるが、これを皆に知ってもらいたい、という趣旨が込められていた。

その期待どおりに、当日はお祝いの舞い〝三番叟《さんばそう》〟を披露してくれた。三番叟は能の狂言方が演じる舞で、最近ではおめでたい席、例えば、歌舞伎の顔見世興行、正月、劇場の新築開場などに祭礼として演じるもので、この日は若い美しい芸者が三味線と太鼓、唄いとともに、私たちのためにお祝いの舞いを披露してくれた。これには私はもとより、出席した全員が感動していた。

当日、私は次のような挨拶をした

「この金婚式は、一年がかりで企画したもので、その間、骨髄異形成症候群という病気に罹り、紆余曲折、企画に随分骨折りましたが、当日になって本当に骨を折ってしまいました。不徳のいたすところではありますが、金婚式に免じてお許しください」

すっかり、手首の骨折を忘れて金婚式を楽しんでいた。二カ月後にやっとパソコンが打てるまでに快復した。めでたし、めでたし。

第一部総括　病気のデパートまとめ

以上、十一件のケースを経験した。今、私の身体の中には前立腺六十六本、心臓三本、脊椎四本、計七十三本の鉄棒が入っている。これだけ入っていると、鉄腕アトムのように空を飛べるのではないかと、密かに期待をしているが、いまだに飛べていない。

今年七十七歳、喜寿を迎える記念に、この本を正月から書き始めたが、上記の七十三本の鉄棒が挿入された時点では、年齢的に七十三歳だったので〝七十三本の鉄棒が体内に入っているということは、ゴルフでいうところのエイジシュートだ〟と自慢した。できたら、この辺で病気を卒業したいと考え、最近、話題になっている〝ＰＥＴ―ＣＴ〟検査を受けた。つまり、この検査は全身をスキャンし、ガンがあるかどうか、ある場合はどの部位にあるか等を診る機械である。結果は〝ガンはない〟との結論であった。

そのことを、同業のＹ会長に話をしたら、

「濱田さんの身体にはガンがないかも知れませんが、社内でガンと言われていませんか？」だって。コンチクショ！

第二部　人生波瀾万丈

第一章　生い立ち

昭和十六年初夏、母は身籠った私を出産するために、父の田舎である三重県紀北町紀伊長島に疎開した。そして、7月4日に私、濱田晃好が生まれた。

第二次世界大戦はこの年の12月8日にハワイ真珠湾を攻撃して開戦となり、約四年後の昭和20年8月15日に終戦となった。

私の場合、戦前、戦中、戦後派生まれで表現すると、いったいどこに位置するのだろう。暦どおりに表現するとすれば〝戦前派〟ということになる。

紀伊長島は漁村と農村が入り混じった寒村であった。父の兄は漁業に従事していたが、海上で台風に遭い漁船が沈没して命を絶った。私の父はこの田舎町から大阪に出て大工を習い、人生の後半、棟梁になって一国一城の主《あるじ》となっていた。母とは大阪堺で知り合っている。母は信長、秀吉時代の堺の商人町のど真ん中、歴史と伝統ある町で生まれ育った。

堺の街のあきびとの
老舗（しにせ）をほこるあるじにて
親の名を継ぐ君なれば、
君死にたまふことなかれ。

『定本　與謝野晶子全集　第九巻』（詩集一）（講談社、昭55・8）

堺の文芸詩人、与謝野晶子の〝君死にたもうことなかれ〟の一節である。与謝野晶子の生誕地に近いところで生まれた母は、商人の娘として育った。私が小さい頃は三味線を弾いていたので、大阪弁で言えば、きっと〝ええとこの娘〟（金持ちの娘）であったに違いない。父と母がどうして結婚したかは、聞いたことがないので定かでない。あまり、そのような話をしたがらないし、私も特段興味を持たなかった。

生まれた田舎、紀伊長島には七歳、小学二年までいた。はじめは海辺の近くに住み、後半は紀伊長島駅そばの、お寺の一角に家を建てて移り住んだ。海は透き通っていてきれいだった。遠くまで泳ぐ力のない子供だったから、波打ち際で水遊びをしていた。

海の近くに製材所があり、日曜日とか、製材所が休みの日にトロッコに乗って遊ぶことができた。ある日、私の姉がそのトロッコから落ちて車輪に轢かれ大怪我を負った。現在、八十歳を超えたその老女の足には、まだ、その時の傷跡が残っているに違いない。

海に注ぐ小さな川が近くにあった。童謡にある〝春の小川〟にふさわしい、きれいでさらさらと水が流れていた。その川でよく泳いだ。

川底を目指して泳ぐと、10～20㎝くらいの育ち盛りの小さなうなぎが、輪を組んで遊んでいた。小さな私がそれを追いかけ、捕らえようとするが、潜ると花びらが風に吹かれて飛び散るように、ちりちりばらばらになった。幼い子供にはまったく捕まえることができなかった。

そんな遊びをしているうち、深みに嵌まって溺れてしまった。四～五人の子供たちで泳いでいたが、私が一番小さく小学生にもなっていなかった。その時、確か小学四年生くらいでとても頼もしい女の子がいて、私の溺れているさまをみた彼女は、勇敢に泳いできて、私の身体を強く抱きしめ、岸辺まで運んでくれた。

私は感動した。涙がこぼれていた。今は、その女の子は、何歳だろうか、生きているだろうか、それは分からないが幼少期の命の恩人であることには間違いない。あの逞しい女の子がいなかったら、私は小さいまま昇天していたかも知れない。

小学校に入る前の幼い時、母の買い出しについて行った。父が堺で働いているが、家計が貧しいのか、祖父の収穫した米や、母の娘時代の着物を持って、お金や日用品に換えていた。

夏の暑い日について行くのは、子供ごころにイヤであったが、一つだけ楽しみがあった。それは、途中でアイスキャンディを買ってもらうことであった。確か、一本五円ほどのアイスキャンディであったが、終戦直後、甘いものを口にすることの少ない子供にとっては、大変なご馳走であった。そんな貧しい生活は、幼くても何か感じるものがあった。

私の幼いときの写真は一枚もない。初めて、写真を撮ったのは、小学一年生の時の集合写真であった。そこに写っていた写真は穴の開いた運動靴を履いている私であった。いじめではなかったが、周りから大きな声で〝わ～い靴に穴が開いている〟と言われ、冷やかされた。直径10㎝くらいの全体写真の中に小さな自分が写っているだけなのに、その破れた運動靴の穴は大きく目立っていた。

小学二年のとき、家族とともに堺に戻ることとなった。堺では、まだ、住む家がないため、大きな邸宅の一室を借りて両親と子供五人、計七人で住んだ。そこの借家には、他の家族が四軒くらい住んでいた。戦後、間もない頃にはそうした生活を強いられた人たちが多くいた。

その地名は大阪府堺市百舌鳥町で、小学校の名前も百舌鳥小学校であった。ひらがなで〝もず〟と書くのに、漢字では〝百舌鳥〟と三文字になることに、小学生ながら不思議に思った。だから、勝手に三文字にして〝もうず〟と読んでいた。

百舌鳥は最近〝百舌鳥古墳群〟として有名になっている。古代に造営された古墳が、千六百年の時を経て今も残っており、巨大な前方後円墳があちこちに存在する。それを大切にしようと、百舌鳥古墳群の世界文化遺産登録を申請している。

私の住む家の周りには仁徳天皇陵、履中天皇陵、いたすけ古墳等、たくさんの古墳があり、小学五年まではそこが遊び場であった。

殆どの古墳は周りに堀があり、そこに水が張ってあった。子供のころ、その堀で泳い

だ。しかし、水中は大きな藻で覆われており、水も濁って汚なかった。もし、親が見ていたら、

「泳ぐのはやめなさい」

と言われたに違いない。しかし、それにもかかわらず、堀の向こう側に泳ぎ着き、古墳の林の中を探索した。時々、守衛（当時は警備ではなく守衛と呼んでいた）の見張りに出くわせこっぴどく叱られた。しかし、飽きずに友達とまた、堀に泳ぎに出かけた。懲りない小学生であった。

小学校では朝礼前や昼休み等はバスケットボールなどで遊んでいたが、どういう訳か休み時間に流れているクラシックの小品が気になった。耳をそばだてて聴いていた。そのころから、音楽に興味を持っていたらしい。慣れてくるとメロディを口ずさみながらボールで遊んでいた。

百舌鳥小学校ではクラス単位でコーラスを練習し、その成果を校内放送で流すことが行なわれていた。コーラスといっても、斉唱か二重唱程度であったが、ボーイソプラノであった私は常にマイクの真ん前に立たされ、得意になって歌っていた。そのころの私

のニックネームはあの偉大な〝美空ひばり〟から〝ひばりちゃん〟と呼ばれていた。女性歌手のニックネームを付けられたことで、子供心に恥ずかしい思いがしたが、それでも悪い気持ちはしなかった。そのころの私は、高くていい声の出るかわいいボーイソプラノであったからである。

小学五年生の最後になって、今度は母親の出身地である堺の中心街に引っ越した。そこは堺市翁橋町《おきなばしちょう》といって、大昔、堺の商人が浪人（武士）を雇い、織田信長と戦った堀（それを土居川と言った）のそばに建てた。大工の父にとって、家を建てることはそう難しくなかった。木材や左官代などの支払いは借金で調達したらしい。手造りで三十坪の二階建てを、仕事をしながら三カ月ほどで、建てた。そのころの父は肺結核を患っていたが、まだ働くことができた。

そろばん塾

小学四年生のころからそろばん塾に通い始めた。ところが小学六年生のころにはとうとう父が入院してしまった。とたんに月謝が払えなくなり、そろばん塾を辞めざるを得なかった。折角、腕が上がってきたし、馴染みのできたそろばん塾なのに、と思った。やむを得ず塾の先生に〝辞めなければならない〟事情を話した。

「事情は分かった。月謝は免除してあげよう。特待生あつかいだ。ただし、小学低学年の子供たちの先生代行をしてくれないかな〜」

「本当！　うれしい。幼い子供たちの指導をやりますから。是非、置いて下さい」

この優しい先生は清水朝利先生といった。清水先生は、残念ながら五十歳半ばで、心筋梗塞で突然亡くなった。そのあと、奥様がそろばん塾を引き継ぎ、今も、堺で子供を指導している。生前の感謝もあり帰阪の際は奥様のところに立ち寄ることにしている。

小学六年生後半から高校三年の六年間、そろばん塾に通いそろばん検定日商一級を取得した。〝日商〟とは日本商工会議所の略で、日商の試験に権威があった。幼いころから先生代行をし、そのかたわら、そろばん塾の対抗試合に代表選手として出かけた。百人くらいいたそろばん塾の生徒の中で三人くらいが選手に抜擢されていた。

貧乏な中学生

中学校に入った。その学校は〝陵西《りょうさい》中学校〟と言った。仁徳御陵等古墳のことを、地元では〝御陵さん〟と呼んでいた。その御陵の西側に位置する学校なので陵西中学校と言った。しかし、この中学校は、現在、少子化で廃校となってしまった。

中学三年の冬、お正月が少し過ぎたころ、夕食が終わり一段落した時間であった。そのころはまだテレビがなく、いつも流し放しのラジオが聞こえていた。それを止めて母親が珍しく、話を切り出した。

「てっちゃん、ちょっと話があるねん」

母が正座だったので、私もこたつから出て座り直した。こんなことは滅多にないことだったので緊張した。私の名前は〝晃好《てるよし》〟で、家の中では少しつまった言い方で〝てっちゃん〟と呼ばれていた。

「てっちゃん、悪いけど中学を卒業したら、働いてくれへんか？」

青天の霹靂であった。父親が肺結核で療養所に入って、もう三年くらい経っていたので貧乏のどん底にあった。大黒柱からの収入は閉ざされており、事情は良く理解でき、子供心に、家の貧乏を理解していたが、高校ぐらいは行けるものだと考えていた。私は慌てた。

そう言えば、姉二人は中学を卒業すると直ぐに就職した。母も堺にある某メーカーの社員食堂で賄いのパートをしていた。建てたばかりの家のローンが重しになって、それらの収入を全部足しても、ローンと生活費には追いつかなかった。冷静に考えれば私に、〝中学校を出たら働いてくれへんか！〟というのは、苦渋であろうが、当たり前のことでもあった。たぶん〝背に腹はかえられない〟ということだったろう。

私は暫く沈黙した。せめて、高校くらいは行きたい、という気持は捨てられないと思った。母は私の返事を待っていた。

「お母さん、出来れば高校に行きたい。学校で必要なお金は、僕がアルバイトして自分で稼ぐから……。お母さんには負担をかけないから、行かせてくれませんか？」

〝行かせてくれませんか？〟などと、あらたまった言葉を使った。いつもの言い方は〝行かせてくれへん？〟であった。

私は小学校の六年生ころからアルバイトをしていた。友人の家が菓子屋で、冬には餅つき屋（当時は〝賃つき屋〟と言った）を主力商品としていたので、手伝いが不足し、小学生でもアルバイトに駆り出された。アルバイトは冬休み期間中住み込みで行った。

朝三時ころ起床し、子供の背丈以上の大きな樽にもち米と水を入れ、長い大きな魯で漕ぐ（洗う）のであった。背が低いので、当然に脚立のようなものの上に乗って米を洗った。冬だからそれはそれは冷たい作業であった。勿論、当時は暖房などない、ただただ、寒いだけの作業場だった。

夜明けに近いころから米を蒸しあげ、店主の友人の父親が機械を使って餅をつき、私たちはそれを丸めたり、あんこをいれたりしてお餅を加工した。今でも一升くらい使ったお供えの鏡餅を作ることができるのは、その時のアルバイトのおかげである。


中学生のころには賃つき屋の他に、市場の中の花屋にもアルバイトに行った。それよりも一番大きなアルバイトは新聞配達であった。この仕事も朝が早くてきつかった。午前四時前には起床し、六時ころまで約二百軒を配達した。夕刊は午後三時過ぎからの配達であった。新聞は自転車に載せて配達したが、近くまで行っては、新聞束を左脇に抱えて走りながら配るのであった。中学生にとってはかなりの重量で、重かったことを覚えている。

アルバイトで稼いだお金は中学校の授業料と自分のこずかい、そして、更に余ったお金は家への上納金（？）として母親に渡した。その経験もあったので、母には自信をもって、

「授業料はアルバイトで稼ぐので、高校に行かせてほしい」

と頼んだのであった。母は悲しそうな顔をして

「分かった。高校はどこへいくねん？」

「進学校へ行っても、どうせ大学には行けないので、商業高校の堺商に行って、そのあと就職して、家を助けたい」

〝堺商〟とは、正式名は堺市立商業高等学校と言い、江戸時代の南蛮貿易の中心であった堺商人を育てる目的で設立された高校であった。

「入学金、いくらいるか知らんけど、悪いけど、それも家にはあらへんで」

「分かっている。新聞配達所で前借りしてみる」

そんなやりとりがあってから、入試に向けて猛烈に勉強した。

アルバイト高校生

幸いに、堺商には無事合格した。入学してから担任との面接で入試の成績が知らされた。二百五十人合格したうちの十番以内に入っていた。新聞配達をしていて、あまり勉強する時間がなかったが、最後の追い込みが功を奏した。

高校に入ってからは勉強よりも授業料稼ぎで、ますますアルバイトに精を出した。春は堺市役所の固定資産評価替えの仕事、これは、計算機がない時代であったので、そろんばが大いに役に立った。何しろそろばん一級の腕前である。市役所の課長も私の仕事ぶりを大いに喜んでくれた。この評価替えの仕事は春休みの一カ月くらい出来たので、充分稼ぐことができた。

夏休みには前田製菓にアルバイトとして、約一カ月間詰めて仕事をした。当時、有名だった〝あたり前田のクラッカー〟の塩づくりである。アルバイトをするまでは、クラッカーの上に普通の塩が蒔いてあるものと思っていた。違うのである。普通の塩を水に溶かし、その中に液体薬品（その時の薬品の名前は覚えていない）を混ぜて、サウナ風呂のような箱型小屋の棚に大きなトレーを並べ、熱風で乾燥させるのである。そうすると、真っ白い極小の結晶塩が出来上がった。それを舐めてみると甘塩っぱい味がして、〝美味しい〟と感じた。この塩を焼き上がったばかりのクラッカーのベルトコンベアーの上にサラサラと自動で落ちていくのを見た。実に、上手くできている機械だなあ、と感心した。

冬は恒例の賃つき屋である。これは小学校六年から高校三年までの七年間通い詰めた。その店〝さと屋〟ではベテラン社員（？）扱いであった。この頃の賃つきは米が不足していた時代でそれぞれの家庭が自分の生活水準にあったランクの米を買い、それを賃つき屋に持ち込みお餅にするのであった。

先ずは、自転車で客の家まで米を取りに行き、ランクが同じ水準のものをまとめて餅にし、重さに応じて出来上がった餅を分け、また、自転車で各戸に配達するのである。子供がそんな仕事をしているのを見た客は〝ええ子やなあ～〟とか言って、お土産にみかんなどをいただくことがあった。うれしかった。

長期アルバイトをしている期間は新聞配達が難しいので、配達屋の店主に代行をお願いし、授業が始まると、また、新聞配達に戻った。このようにして、高校の授業料は全てアルバイトで賄い、余ったお金は母親に預けた。ただ一つ、高校時代、残念だったのは、そういう貧乏家庭だったので、高三のときの卒業旅行であった信州旅行に行くことができなかった。

肺浸潤

就職先が決まってもなお、新聞配達を続けていたが、昭和34年9月、大型台風が紀伊半島から東海地方を吹き荒れた。あの有名な〝伊勢湾台風〟であった。地元大阪堺でも9月26日の明け方にわたって風雨が激しくなる一方であった。その中でも新聞配達を休むわけにはいかなかった。その前日から体調が悪かったが、その日、無理をして出かけた。

台風の時は、配達先の玄関や窓などは暴風を防御するため板を打つため、新聞を差し込むのに苦労した。今日のようにすべての家でポストが用意されていない時代である。時間がかかる、新聞が濡れる、風で自転車に乗れず押す、身体も濡れてくる、その内、身体に異変が起こった。寒くてガタガタ震えてきたのである。熱があるようだ。その日は配達に倍の時間がかかったが、何とか戻った。しかし、その場で倒れてしまった。熱は39度あった。

新聞配達の主人に医者に連れて行ってもらったら〝肺浸潤《はいしんじゅん》〟であると告げられた。肺浸潤は結核のようにハッキリ病巣が判明するのではなく、レントゲン写真を撮ると肺全体が雲に覆われて白く濁っていた。風邪や肺炎などが悪化すると起こる病気だった。今では肺浸潤という病名はあまり使われていないそうであるが……。

ついに、新聞配達は出来なくなった。治るまで自宅療養で三カ月かかるとのこと。高校への通学も医者から禁止されてしまった。学校の担任は折角内定している就職が病気でダメになるので、

「とにかく自宅で安静にしておれ！」

との命令であった。事態はかなり深刻であった。

翌年、春、就職先の日本興業銀行に入った。入行に際しての健康診断には合格していた。あの肺浸潤は治っていたのである。これで、アルバイト人生が終了し、正式に会社

員、つまり銀行員となった。うれしかった。

初任給は一万円。十八歳では当然のことながら背広など持っていないので、ローンで購入したが、給料の二カ月分以上の買い物であった。初めて、背広を着て銀行に出勤した私をみて皆は、

「背広が歩いている」

と冷やかした。

第二章　日本興業銀行

入社試験

　1959年（昭和三十四年）の夏、翌年高卒予定者の入社試験が、猛烈な勢いで始まっていた。私は選択科目で、通常の簿記とは別に銀行簿記を選んでいた。就職担当の教師との個別面談、つまり、生徒がどのような会社を希望しているのか、の事前ヒアリングを行なうため、別室に呼ばれた。

「君は銀行簿記を選択しているが、就職先として銀行を希望しているのですか？」

「特に、銀行を希望しているわけではありませんが、勉強になると思い、選択科目に銀行簿記を選びました」

「他に、銀行以外で就職を希望する会社はありますか？」

「今、証券会社の景気が良いと聞いていますので、そちらも受けてみたいです」

「それでは〝日本興業銀行〟という銀行と〝山一証券〟という証券会社の二つを受け

て　みないか？」

「日本興業銀行って、どんな銀行ですか？」

「まあ、言ってみれば、半官半民の銀行で、日本の産業を支えているような大きな銀行だよ」

「誰か、先輩が行っている銀行ですか？」

「毎年、募集があって、試験を受けに行っているが、まだ、受かった生徒はいない」

「そうですか。じゃ、試しに行ってみます。日本興業銀行と、山一証券の二つを受けてみます」


当時の就職試験は、先ず筆記試験があって、それに合格したものが面接試験を受けられる仕組みとなっていて、関門通過には狭い門となっていた。

この年の翌年からは最初の筆記試験がなくなって、面接だけで採用が決まり、筆記試験は合格のあと参考までに行なうということに変更となった。私の場合は〝筆記試験の次に面接する〟とするコースの最後の年度であった。

大阪、淀屋橋にある日本興業銀行（興銀）大阪支店は建て替えのため、元三和銀行本店を一棟借りしていたので、とてつもなく大きな、まるでギリシャ遺跡のような建物であった。

何階だったか、広い会議室で教室のように並べられた机に座らされた。周りを見渡したら三十人もの受験生がいてビックリした。

「三十人の内、１／３を採用したとして十人か。その中に入らなくちゃね」

心のなかで、そうつぶやいた。筆記試験は国語、数学、英語、選択科目の四つであった。私は選択科目に簿記（銀行簿記を含む）を選んだ。試験は一日がかりであった。

二週間ほど経って電報が届いた。その頃は電話の普及が少なく、ましてや、現在のようにパソコンや携帯のようなＥメールもない時代だ。確実な連絡方法は電報であった。

「筆記試験に合格したので、面接試験を受けて下さい。日程は○○日です」

面接に出かけた。合格者は十人程度はいるだろう、と思って部屋に入ると、三人しかいなかった。二人の高校名を聞くと北野高校と天王寺高校であった。北野も天王寺高校も大阪では一、二を争う進学の名門校で、私の高校、堺商のように、多少優秀な生徒がいたとしても、家庭環境からして卒業すれば必ず働くという前提で入る高校とは違っていた。直感的にある程度のハンディがあることを知った。

そういえば、就職担当の教師が〝興銀にはこれまで誰も入ったことがない〟〝ダメもとで試験を受けてきなさい〟と言ったが、その程度の受験だったのだ。しかし、三十人のうちの三人なら、ひょっとして私も入れるかも知れない。多少、安堵し、期待した。

面接室に向かうため、一人が部屋を出た。一時間もかかっている。その間、総務課の女性がお茶を入れ換えに来てくれる。良く見るとその女性の美しいこと、まるで、スクリーンに出てくる女優だ。高校生活では男性が主で、女性はわずかしかいなかったので、このような美しい女性に出会ったことがない。感動ものだった。その女性は、眺めているだけで、面接待ちでくたびれている私をすっかり忘れさせてくれた。

また、次の学生一人が部屋を出て行った。

〝何だ、僕が最後なのか。二時間も待たせるのか。時間をずらして呼んでくれれば良いのに〟と、受験生にしては生意気に思った。暇なこともありその美しい女性に声をかけた。

「筆記試験では三十人もいたのに、面接はたった三人ですか？　別の日にも面接をするのですか？」

「いえ、面接は今日のみです。三名の方のみ合格されたのです」

正直、ビックリした。筆記試験は多少、思い通りの回答ができたと思ってはいたが、合格の三人枠に私が入るとは夢にも思わなかった。三十人だったから、十人に一人が合格なんだ、私も大したものだ……と思った。

「それで、三人の面接で、私がどうして最後になるのでしょうか」

「あら、お急ぎなのでしょうか？」

「いえ、そうではないのですが……」

「実は、筆記試験で濱田さんが一番だったので、最後となったのです」

またもや、ひっくり返るくらいビックリした。ここで、待つことに不満を漏らしてはならない。我慢、我慢である。そして、待機時間の過ごし方を考えた。そうだ、興銀の紹介パンフレットを徹底して勉強しよう。そして、パンフレットの冒頭部分を丸暗記した。それは、おおむね次のような内容であった。

１９０２年、明治三十五年三月、「日本興業銀行法」が成立、資本金一千万円（当時の国家予算の一割強）で設立され、戦後の１９５２年「長期信用銀行法」が施行されたことにより、長期信用銀行の中の一行「日本興業銀行」に転換した。設立目的は日本の基幹産業、例えば、電力、鉄鋼、金属工業、石油、交通運輸などを育成することにあった。電力会社は、当時、国内で九ブロックに分けられた九電力が存在したが、興銀の支店は電力本社がある地域単位に支店が作られたので、支店の数も九支店となっている。

もっとたくさん書いてあったが、五十年以上も前のことなので、この程度の記憶しかない。そして、二時間待って私が面接会場に呼ばれた。

「どうして興銀を受けようと思ったのか」

「銀行か、証券会社を受けたいと前から考えていました。たまたま学校の先生が、銀行簿記を選択したのだから、先ずは、銀行を受けてみなさい。興銀はとても良い銀行だから、ということで試験を受けました。

「それでは、興銀について知っていることを話してみて下さい」

瞬間に試験の〝山〟が当たった、と思った。得意気にさっき丸暗記したことを、朗々と十分程度かけて述べた。面接官は三人だった。あとで分かったことであるが、大阪支店副支店長と人事担当の次長、そして、総務課長で年齢的には四、五〇歳台というふうに見えた。

「あなたは、随分、勉強してきたね。興銀のことどこで覚えてきたのかね」

「すみません。面接を待っている間、暇だったので覚えてしまいました」

「随分、正直な人ですね」

と、笑われてしまった。〝受験するに当たって、家で猛勉強してきた〟と言った方が受けが良かったのにと、瞬間的に後悔した。

「ところで、筆記試験はすべての科目でほぼ満点で、あなたがトップだったのですが、学校での成績は一番か、二番に入っていたのですか？」

「学年で二百五十人の生徒がいるのですが、一番か、二番は無理でした。ベストテンには入っていましたが……」

「あなたの愛読書は何かありますか？」

「夏目漱石の〝こころ〟に感動しました」

「それでは、その小説の筋書きを十分程度で述べて下さい」

夏目漱石の〝こころ〟は高校二年のとき、図書館で借りて読んだ。〝我が輩は猫である〟など、漱石ファンであれば必ず読むであろう本も読んだが、〝こころ〟を読んで、〝純粋な男ごころ〟に心底惚れてしまった。感動したので、高校三年になってもう一度読み返してみた。二回も読んでいるので、筋書きは話せるが、それにしても十分もかけて話せ、という採用面接に、正直、驚いた。私は得意気に小説のダイジェストを話し始めた。

……………………………………………………

「主人公の名前は［私］という一人称で書かれていますので、僕の話も［私］で呼ばせていただきますが、私は鎌倉で［先生］と呼ばれる人に出会います。心が通じる先生の家を時々訪ねるうちに、先生が何かに悩んでいて心を開いてくれないことに気がつきました。先生は東京に戻り軍人の未亡人とそのお嬢さんが住む家で下宿をすることとなりました。暫くして、そのお嬢さんを見初め、心惹かれていきます。他方、先生の学友にKという大人しくてまじめな男がいて、居場所がないKを同じ未亡人の家に下宿させてもらうこととしました。問題はKがお嬢さんに好意を抱いてしまったことなのです。そして、Kは先生にお嬢さんが好きになったということを告げますが、それを無視して私という主人公は、お嬢さんの母親に娘さんをもらいたいと言ってしまいます。未亡人はKに対して先生とお嬢さんが結婚するということを話しました。このことを知ったKは突然自殺してしまいます。先生はKを裏切って死に追いやってしまったのです。そのことを深く後悔します。そして、私宛に〝先生が死を選ぶ〟ことを書き残した手紙を送ります。……筋書きは以上ですが……。

なお、最後に僕の感想ですが、私とかKという人物も、とてつもなく純粋で本当にこのようなことができるのであろうか、と思ったことで、とても感動しました。

面接官の一人がこう応えた。

「素晴らしい説明で、良く分かりました」

「でも、一つ、大事なポイントが欠けています。この小説の大事な点は、先生が述べた〝いつもは良い人でも、いざという時に悪人になる〟という言葉だと思います。［私］も［先生］もこれまでの人生で、裏切り行為を受け挫折を味わって、自分だけはそれはすまい、と思っていたのに、自分自身が裏切り行為をしてしまって、Ｋを死に追いやったことで、自分も死ぬべき、と判断したことに凝縮されていると思います。でも、濱田君、良く話が出来ました」

「僕の足らない部分をお話しいただいてありがとうございました」

正直、四〇歳過ぎのおじさんが、この小説の隅から隅の細かい筋書きまで知っていることにショックを受けた。それだけで、この銀行はすごい銀行だと思った。


数日経って、また、二次面接を行なうという電報が届いた。

「え！　また、面接やるの？」

という感じだった。銀行へ出向くと違った顔が二人いて、先の二人、北野高校と天王寺高校は面接試験に落ちたとのことだった。大阪では私一人が残ったと聞かされた。違った顔の二人は名古屋と福岡から来た男で、二次面接は私を含めてその三人であった。面接官は本店から取締役人事部長がトップで座っており、そして、一次面接をした方が二人いて、計三人であった。

「高校での部活は何をしていたのですか？」

「実は、部活は何もしていませんでした。父親が結核で療養所に入っていて、母のパート収入では高校の授業料が払えませんので、朝、夕に新聞配達をして、授業料を払っておりました。授業が終わればすぐに夕刊の配達に行きますので、部活はできませんでした」

「それは大変だったね」

銀行に勤めるのに、安定した家庭環境が必要だし、信用も大事と分かっていたが、嘘をつくわけにもいかず、貧乏家庭の実情を正直に話した。

興銀とは別に、もう一つ、山一証券を受験していた。当時の証券会社は飛ぶ鳥を落とす勢いで、ラジオ（当時はテレビは限られた家庭にしかなかった）のコマーシャルや電話口での最初の言葉は〝銀行よさようなら、証券会社よこんにちは……の山一証券です〟という宣伝だった。

　初任給も銀行より良かったし、ボーナスも銀行の三カ月に対し五～六カ月もあった。そのころは、戦後十五年経っていて、１９５８年から約四年ほど、いわゆる岩戸景気が続き、株式市場が大変な活気を呈していた時代であった。確かに、給料は銀行より証券会社の方がよかった。

　その山一証券から〝採用する〟との電報が届いた。このころは何でも電報だった。興銀からの返事がない状態のままであった。〝これはどうしたもんだろう〟と就職担当教師に相談に行った。

「興銀に電話をして〝もし、採用していただけるのなら、興銀にいきたいが、ダメなようでしたら山一証券に決めたいのですが、如何でしょうか〟と、聞いてみなさい」

ということで、直接、私が電話をした。昼過ぎに電話をしたら夕方に興銀から電報が届いた。

「採用を内定する」

これで、腹が決まった。就職担当教師も私の興銀合格が奇蹟（？）のように思っていたので大喜び。条件の善し悪しは別にして〝堺商始まって以来の快挙だ〟というわけで、私にこう命令した。

「興銀に決めなさい」

後で判ったことであるが、二次面接で出会った名古屋の鈴木大三君と福岡の松田武男君の二人も合格していた。同期で仲良くしていたが、後年、二人とも早世した。

昭和四十年、山一証券は証券危機に陥り、当時、大蔵大臣であった田中角栄と日本銀行総裁の宇佐美洵、そして、興銀頭取の中山素平の三者で〝日銀による無担保・無制限融資〟を発表し、山一証券危機を救った。その時、水面下でお膳立てをしたのが興銀の中山素平であった。

私はついていた。もし、給料が良いからとして山一証券を選んで就職していたら五年で路頭に迷っていたかも知れない。このあと三十数年後、平成九年秋に、再び山一証券は自主廃業に追い込まれた。二度目の倒産劇である。この時は、時代が変わり、興銀が前面に出ることはなかった。このときも、やはり、興銀に入って良かったと思った。

手形交換

話を元に戻そう。昭和三十五年、晴れて興銀に入行した。最初に配属された部署は大阪支店出納係だった。毎朝、銀行協会の中にある手形交換所に、同じ新人の女性行員と二人で出かけ、四十行ぐらいの銀行と手形・小切手の交換を行なった。

隣の大和銀行（現りそな銀行）は毎日六人で乗り込み、千枚以上の手形・小切手を処理して大忙しであったが、興銀は多い日でも百枚、少ない日は三十枚程度で、計算はすぐに終わって、忙しい銀行の人たちを気の毒そうに眺めて待っていた。

終鈴の合図があり、貸借の数字が合うとマイクで〝ご名算〟と大きな声で報告があり、拍手があって帰路についた。貸借の数字が合わないと計算のやり直しが命じられ、隣の大和銀行は大慌てでまるで戦争のような騒ぎであった。

私がこの仕事をした二年間で二回計算を間違え大恥をかいた。

「こんな少ない枚数で計算違いをするなんて何を考えているのだ」

という顔で、他行は私をニヤニヤし眺めたりしていた。

午前中はこの仕事で終わり、午後は窓口でお客様と対応した。しかし、法人客は別として、個人客は多くて一日、十人程度で、少ない日はゼロという日もあった。殆ど、暇だったので、もっぱら、事務処理の規定集を読み漁っている日々を送っていた。

入行したころは午後五時のチャイムと同時に退行できた。夜間大学に行くことも考えていたが、それは、東京に転勤したあとで行こうと計画を立てていた。大阪では後述する大阪労音の活動をしたい、と意気込んでいたが、それに加え、もっといろいろ勉強したいと考えて、大阪難波球場の地下にあった英会話教室や、カルチャーセンター主催の話し方教室、そして、当時、社会人の必須科目であった社交ダンスを習い、そして、歌声喫茶に入り浸った。今では考えられないが、プランタンという音楽喫茶にも一人で通った。

このころ〝山中鹿介《やまなかしかのすけ》〟がとても好きであった。山中鹿介は山陰の戦国大名である尼子《あまご》義久《よしひさ》の家臣で優れた武勇の持ち主であった。

主君である尼子家再興のために〝願わくば、我に七難八苦を与えたまえ〟と三日月に祈った逸話が有名で、私は山中鹿介が好きというよりも、この言葉が好きであった。

当時、私の父は肺結核で長い闘病を余儀なくされており、私が濱田家を支えていかなければならない立場で、心の支柱にこの言葉を置いた。七難八苦の七難は火難・水難・鬼難等七種の災難で、八苦は人生上の生・老・病・死等八種の苦難のことで、宗教上の解釈が必要であったが、詳しい理解には足らなかった。要は、楽な生活を求めるのではなく、若いうちに燃えたぎる鉄が打たれるような激しい苦難、労苦を背負って生きたい、と考えたのであった。今になって思えば、ちょっと〝いきがって〟いたのかも知れない。

そろばん大会

興銀では〝そろばん大会〟というのがあり、各支店から代表を三人を選抜し本店（東京・丸の内）に送った。大阪支店ではそのための予選が行なわれた。資格としては新人を除く入行五年以内の男女行員である。私は入行翌年、二年生になったとき、元々、大阪支店で一人しか採用されなかった貴重な男性ということもあり、当然、予選に参加し、合格して東京の全国大会に出場することとなった。

生い立ちのところで記したように、小学四年からそろばん塾に通っていたので、高校三年の頃には珠算一級の資格をもち、そろばんは得意中の得意科目だった。当然に東京行きの三人枠に入った。

本店と九支店から三人ずつ、計三十人が集まった。見取り算（加減算）、かけ算、割り算、伝票算、暗算の五項目を競うもので、大阪支店三人組はトップで総合優勝を勝ち取り、更に、私は個人優勝をすることが出来た。今度も三十人に一人の確率でトップに立てたのは不思議であった。

個人優勝の賞品は忘れもしない。当時、まだ珍しかった卓上の電気スタンドであった。今では二千円程度のものであろうが、当時は高価で個人的には買えるものではなかったので、とてもうれしかった。これを抱くようにして、まだ、新幹線が出来ていない東海道線の特急で六時間かけて大阪まで意気揚々として戻った。

当時、イアン・フレミングの小説〝〇〇七　ゴールドフインガー〟が発表され、早川書房から発売された直後ということもあり、大阪支店では皆なから私のことを「ゴールドフインガー」と呼んだ。小説の中では指の器用さを使ってカードゲームのイカサマをするのが、ゴールドフインガーであるが、私の場合はそろばんの器用さを買ってくれた褒め言葉であった。私は、このイカサマ言葉が大変気に入った。

明治大学

興銀大阪支店で五年勤務したあと、東京本店に転勤になった。大阪での五年間は実に充実した生活であった。しかし、それは銀行の仕事においてでなく、大阪労音の活動、つまり労音公演の立案をしたり、堺合唱団の代表として単独コンサートを行ったり、英会話教室や、カルチャーセンターの話し方教室への参加、社交ダンスを習い得意顔して踊っていたこと、等である。

転勤は昭和四十年三月であった。当時、労音では〝戦争レクイエム〟という大曲を四月に演奏することになっていて、この演奏の合唱部分を四百名で無事歌い終えてから大阪を去ることとした。

当時のサラリーマンの転勤にはセレモニーがあった。大勢、駅頭まで行って見送り、電車や汽車がスタートする瞬間にバンザイ三唱をし、送る方も送られる方も涙、涙の分かれが待っていた。その時の私はセレモニーの主人公となっていた。しかし、見送りしてくれる人は興銀関係者よりも労音仲間の方が断然多く、まるで、労働組合オルグの送別会の様相を呈していた。

しかし、まだ、新幹線ができたばかりなので、オルグであれ興銀マンであれ、新しい門出に相応しい新幹線車両が光って見えたので、これが、未来への栄光の瞬間であろうと、感慨をもって東京に向かった。

東京では吉祥寺にある独身寮である〝武蔵野寮〟に入った。できたばかりの武蔵野寮はまるで高級マンションであった。入寮者は東京採用、地方採用を含めて全員初めての集団入寮で活気に溢れていた。

転勤してきた私の次の目標は大学受験であった。当時は高卒で興銀に入る人はごくわずかであった。自分のことを表現するのは如何と思われるが、そのころ集団就職で東北からきた生徒を〝金のたまご〟と呼んだが、我々もそれに近かった。

その後、数年経って高卒採用はなくなったが、そのころの興銀は教育に非常に熱心で、高卒者には夜間大学に通うことを推奨し、そのための早帰り策を講じていた。上司自らが、五時になると大学行きを進めてくれた。

私は初めから明治大学に決めていた。明大は東京駅から二つ先のお茶の水駅下車で近い、丸の内からタクシーで駆け込んでも一区間の料金で済む。それに、何よりも気に入っていたのは、明治大学校歌である。作詞：児玉花外、作曲：山田耕筰の〝白雲なびく駿河台〟である。大学校歌では早稲田と明治がその双璧であったが、早稲田は丸の内から遠いので明治大学の試験を受けた。

白雲なびく駿河台　眉秀でたる若人が　撞くや時代の暁の鐘
文化の潮みちびきて　遂げし維新の栄になふ　おお明治　その名ぞ吾等が母校
おお明治　その名ぞ吾等が母校（おお、は原詩にはない。作曲時加筆されたもの）

東京に赴任して一年間は入学試験に没頭した。私はこれまでそうであるように、地道に勉強というよりも、一極集中型で、決めたことには脇目もふらなかった。翌年四月、二十三歳で明治大学政治経済学部経済学科に入学した。入試問題は昼間も夜間も同じ内容で、合格した場合は一～十組までが昼間、十一～十五組までが夜間と決められていて昼夜の差別はなかった。私は十一組に入り、部活も男声合唱のグリークラブに所属した。そして、音楽が好きなので第二外国語はドイツ語を選択した。この時のドイツ語勉強は後の興銀合唱団でモーツァルト、ベートヴェンなどドイツ系の合唱を歌う時に大いに役立った。

大学ではまじめに勉強した。政治にも経済にも興味があったので、政治経済学部を選んだのであるが、当時、興銀での仕事はコンピューター部門のルーティンワークだけだったので、むしろ、大学での勉学に勤しんだ。

新入行員二人が私の部署に配属された。一人は東京大学卒の野口章二さんで、もう一人は京都大学卒の安間進さんであった。野口さんには英語を、安間さんには数学を丹念に教えてもらった。野口さんは後に飯野海運の社長になり、その後、病気で早世したが、大変お世話になった。安間さんは今はもう七十歳を過ぎているが、人材スカウトの個人事業主としてまだ頑張っている。この二人は元部下であり、年齢も五～六歳下であるが、私にとっては英語と数学の家庭教師（職場教師が正しい？）でもあるので、敬意を表して、ここでは〝さん〟付けさせてもらっている。

野口さんは自宅から通っていたので食事の心配がなかったが、安間さんは独身寮に入っていて、週に一回、金曜日の欠食日には外食を余儀なくされていた。そこで、時々、新婚であった私の家に呼び、家庭教師のお礼に夕食をご馳走した。

安間さんは音楽が好きで、現在、私の主宰するアイビーメンネルコールのメンバーでバリトンを歌っているが、練習が終わったあとの飲み会では〝その節はご馳走になりました〟と、五十年前のお礼を、毎回、妻に言っている。実に、律儀な人である。

家庭教師が付き、職場で仕事もせずに勉強した分、成績がすこぶる良かった。半分、冗談ではあったが、明治大学の事務局に厚かましくも金時計の申請に行った。応えは、「そのような制度はありません」であった。

ワリコー客、福山光子

三十五歳、興銀大阪支店から神戸支店に転勤となった。肩書きは債権課長代理であった。神戸支店の個人取引先に福山光子（仮名）がいた。ワリコーをこよなく愛してくれた六十歳台の太腕母さんだった。そして、二十歳台半ばの娘が一人いた。若いころの光子はアルサロのやり手ホステスで、お客扱いはお店でNo.１で、贔屓筋が競って指名をしていた、と聞かされた。

アルサロ客の一人に、神戸では有名な弁護士がいてその人の子供を生んだ。弁護士は法律上の認知をしてくれていた。娘というのはその弁護士の子供であった。弁護士はかなりの年齢で、遺産相続のことを考えて福山光子に数千万円の定期預金証書を渡した。

定期預金名義はあくまで弁護士となっており、あと半年後の満期時に娘名義に変更することが約束されていた。その手続きは福山光子が行なうこととなっていたので、光子は興銀の私の部下の若手担当者にその定期預金証書を預け、

「満期がくれば現金にしてちょうだい。そのあとワリコーを買うから」

と依頼されていた。当時の数千万円は今では一億円以上するほどの大きな金額で、担当者も満期を楽しみにしていた。

ところが、その満期の一カ月前に、弁護士が突然心臓発作で倒れ、数日後に亡くなってしまったのである。福山光子はあせった。そして、銀行に定期預金の期限前解約を電話で依頼した。しかし、有名な弁護士が死去したことは、既に、神戸新聞に掲載されており、銀行は直ちに口座の凍結を行なってしまった。

福山光子は矛先を興銀担当者に向けてきた。

「あんたが〝期限前に解約した方が良い〟と教えてくれへんからこうなった。どうしてくれる。あんたはんでは埒があかんから、上司を連れてこい！」

すごい勢いであった。担当者は私にその事情を話した。そして、私は福山光子に会いに出かけた。その家は町外れの古い旅館であった。長期滞留客で定期的に宿泊する客もいたが、ラブホテルの要件も備えていた。私はその二階で本人と会った。初めてであるが、用件が用件だけにこわもての雰囲気を感じた。私は、

「神戸の有名な弁護士名義の定期預金証書ですので、おっしゃるとおり、正式に相続手続きをしませんと払い戻しはできません。しかし、娘さんのことを認知してもらっていることですし、財産分与を受ける権利がありますから、福山さんの希望である不動産など〝ほかの財産相続を放棄する代りに、この定期預金をいただきたい〟とする意向を先方に伝えましょう」

光子はこの亡くなった弁護士の奥様を〝本妻はん〟と呼んでいた。

「私が、光子さんと娘さんの代理人となって、本妻はんと交渉しましょう」

「私は手続きのことは、何んにも分からないので、あんたはんにまかせますわ」

私は福山光子と娘の代理人証書を持って本妻はんと掛け合い、そして、亡くなった弁護士の弟子たち（同様に弁護士だったが……）と交渉し、二カ月ほどかかって定期預金の解約金を受け取ることに成功した。銀行から現金を受け取る役も私が請け負った。代理人の証明を付けて、野球帽を被りジャンパー姿に変装して受領した。光子は、

「あんたが銀行員ということを分からないようにしてほしい」

という理由からであった。支払銀行からこのお金はどこの銀行に入るのか、を詮索されないためであった。今、思うと〝オレオレ詐欺の受取役〟のようなものだったろう。勿論、あらかじめ福山光子から銀行に電話を入れてもらっておいた。この現金回収は三十五歳の課長代理にしては大成功だった。

「ようやってくれはりましたなあ。おおきに。感謝感激ですわ」

「今回の件で、濱田さんにお礼をしたいんやけど、何か欲しいものないですか？」

「いや、このお金をワリコーにしていただけるわけですから、それだけで充分です」

「それはそれ、もちろんワリコーにしますが、その他に何かお礼をしたいのよ」

自宅とは言え、旅館の二階の個室であった。その部屋はいつでも布団が敷いてあり、枕が二つ用意されていた。ラブホテルの一室に間違いなかった。その部屋のこたつに入って、この預金解約の手続きについて、話し合いを毎回行なっていた。その布団を指さして、

「もし、私が若ければ、この部屋でサービスすることも出来るんやけど、もう六十を過ぎているからね〜」

この発言には、さすがの私もビックリ仰天した。そして、続けて、

「お酒はどうですか？　この近くに酒屋があっていつでも、直ぐに取り寄せることができますが、ウイスキーなどお好きな銘柄がありますか？」

「それほど、おっしゃっていただけるのでしたら、ウイスキーをちょうだいします」

「銘柄は何がいい？」

本当はシーバスリーガルが欲しかったが、一本、二千円くらいのダルマを選んだ。

「それでは、サントリーオールドをいただきます」

サントリーオールド一本もらうほどの働きはしたと思ったので、そのように言った。

光子がおもむろに階下に向かい、酒屋へ電話していた様子が見てとれた。何だかその電

話は長引いていた。戻ってきて、

「少し、時間がかかるようなので、今回の闘い（?）を振り返りましょう」

小一時間かかって酒屋が来た。おいとまして階段を下りていくと大きなダンボールが階段の途中に二つ置いてあった。光子は、

「これを持って帰って」

「これって、何ですか？　私がいただくのはダルマですよ」

「ええ、この中にダルマが二ダース入っているのよ」

「いえ、私がいただくのはダルマ一本です。一本だけ持ち帰ります」

「今更、酒屋に返すわけにはいかないので、全部持って帰ってちょうだい」

「こんなことをしたら、支店長に叱られます。どうか、一本だけにして下さい」

やりとりは、十分ほど続いた。やむを得ず私がこう切り出した。

「それでは、取り敢えず、これを全部持ち帰りますが、支店長に話をして〝これはもらいすぎだ、返して来なさい〟と言われたら引き取ってくれますか？」

「分かりました」

苦渋の決断であった。そうしないと、納まりがつかなかった。車があったのでダルマ二ダース、二十四本を車に積んで持ち帰るのはそう難しくはなかった。酒屋との交渉で時間がかかったのは、数が多すぎて手持ちがなく別の酒屋から調達したためと判った。

それにしても、豪傑である。二十四本のダルマを現金換算したら約五万円はするだろう。

当時、お客様から貰い物があったとして、五千円くらいが限度であったから、これは店内で大問題になるかもしれないと予想した。支店長に、ことの詳細を話した。そうしたら、支店長は私にこうつぶやいた。

「濱田君はそれだけのことをして、お客様に喜ばれたのだから、ウイスキーを全部、貰っておきなさい」

「ええ！　本当にいいんですか？」

支店長がそのようなことを言うとは信じられなかった。福山光子も大物ではあるが、支店長も大物だと、その時感動した。二十四本を神戸支店内の酒好きな男（女性も少しいた）たちに、大半を配り、私は三本もらった。その旨、光子に報告しに行った。そうしたら、また、叱られた。

「あのウイスキーは濱田さん個人にあげたもので、銀行にあげたものではありません」

この説得にまた、一時間かかった。最後は、何とか納得してくれた。

この一件以来、福山光子との付き合いは東京に戻ってからも続いた。それも家族ぐるみである。八十八歳で亡くなるまで、私のことを〝東京のお兄ちゃん〟と呼んで可愛がってくれた。亡くなってからも、娘さんとの年賀状のお付き合いは続いている。私は債券でも融資の仕事をしていても、その担当の方とは職場と関係がなくなっても、個人的なお付き合いを続ける癖がある。そのことが、後の私が株式会社ベストへ転出するきっかけともなった。それは別に話すとして、いずれにしても神戸の人は良い人が多かった。

トヨタ担当課長時代

興銀の名古屋支店時代、四十歳の預金課長であった。中部電力や東邦ガス、トヨタ、大同特殊鋼など、愛知県を代表する企業がたくさんあった。その中ではトヨタが一番思い出深い記憶がある。

トヨタは、今では年間利益二兆円を稼ぐ世界のトップクラスの企業であるが、その当時でさえ、年間利益一兆円近くを稼ぐ超優良企業であった。しかし、取引先としてのトヨタは担当課長としても悩みが多かった。いろいろあったが、その中でひとつエピソードを紹介しよう。

東名高速のサービスエリア

名古屋支店時代の三年のうち、後半の一年半は八王子に家を建てたため、家族を東京に戻し、私は単身赴任となった。

洗濯物のこともあり、二、三週間ごとに八王子に帰宅したが、その往復は当時乗り回していた日産のサンタナ（仕様はドイツ、製造は日本）であった。名古屋の単身赴任寮から八王子の自宅までは東名高速で三百四十㎞で約四時間かかった。天気のよい日や新緑そして、紅葉の季節は景色を楽しむために中央高速を使い、雨の日や直線で突っ走りたい時には東名高速を使った。どちらも、同じ三百四十㎞であった。

金曜日に東京に向かい、日曜日の夜中十二時過ぎに八王子を発って名古屋に向かった。

東名高速を四時間かけて走るのであるが、最終ラウンドの豊橋あたりでトイレ休憩をするのを常としていたが、夜中の三～四時というのにサービスエリアが満杯で、手前の側道まではみ出して大型トラックが列をなして停まっていた。

小型車のサンタナをサービスエリアに入れようとしたが、入口の通路まで塞がれていて、やむなく、その先の側道に止めてトイレに走った。異常な混み具合にたむろしているトラックの運転手に聞いてみた。

「この夜中にどうしてこんなにトラックが駐車しているのですか？」

「みんなトヨタの工場に納入する部品を積んだトラックで、指定時間に搬入しなければいけないので、このサービスエリアで待機しているんだよ」

「それは、トヨタの有名な〝かんばん方式〟のためですか？」

「そのとおり。時間に遅れると大変だからね」

トヨタのかんばん方式とは〝必要なものを、必要なときに、必要なだけ〟部品を調達する方式で、不足する部品の数量を看板に書き込み、それを部品メーカーが読み取り、翌日の指定時間までに納入する仕組みで、生産効率が向上するという、トヨタの独創的な部品管理方式だ。

これだけだと、とても良い仕組みのように思われるが、トヨタは部品在庫を持たずに中小企業に在庫を持たせ、本来トヨタが負担しなければならない在庫資金を削減するメリットを受けるのである。

裏返せば、それは中小企業に在庫資金を負担させることなのだ。現在は〝かんばん〟からパソコン等、電子情報交換で作業がおこなわれているが、その当時、中小企業は現場を一周りして、看板内容をメモにし、持ち帰って部品を用意するのであった。

このことはごく普通に東名を利用する我々、一般人も困っていた。東名高速の豊橋サービスエリアはトヨタへの納入待機トラックにあふれ、休憩が出来ないという事実があった。つまり、トヨタはサービスエリアを駐車場代わりに使っているのと同じだ。

私は、トヨタに向かった。銀行の大事な取引先のトヨタであるから、この話は黙っていた方が良いかも知れないが、私は性格が直線的なので意見を言いにいった。

「サービスエリアが夜中とはいえ、駐車場や倉庫代わりに使われている。トヨタさんは部品メーカーとの共業精神が大事と、日頃からおっしゃっているわけですから、中小企業への配慮も必要ではないでしょうか？」

「そんな事情は知らないからコメントできない」

「私の提案ですが、本社工場のそばに大規模な駐車場をつくって、納品トラックをそこに待機させてはいかがでしょうか？」

トヨタにとっては余計なことであろう。この件は私の言い放っなしで終わった。

ワープロからパソコンへ

四十八歳のとき興銀東京支店の副支店長をしていた。当時は私の立場で銀行の公式文書を作成するときは、まず、手書きで書いて女性に渡し、ワープロで打ってもらうことを常としていた。稟議書などはその典型例であった。もっと大昔ではタイプ専門の女性がいて、依頼書を書きその専門部にタイプによる清書をお願いするのであった。

ある日、ある先輩がこう言った。

「濱田君もあと数年経てば、銀行の外に出て働くことになるだろう。今は、たとえ中小企業の役員でも女性にワープロを打たせる、というような贅沢はできない時代だ。早く、自分でワープロを覚えた方がよい」

なるほどと納得した。思い立ったら即行動、翌月は八月で夏休みがとれるので、秋葉原でも行ってワープロ専用機でも買いにいくか、として早速、電気街に出かけた。機種は何が良いか分からないが、ナショナル（現在のパナソニック）なら間違いないだろうと判断し、車に積んで、すぐに家に持ち込んだ。

私が、昔、ちょうど二十八歳のころ、大型コンピューター、ＨＩＴＡＣ１４１０（日立製コンピューター）を所管する部署の電子計算室に配属されたことがあり、プログラミングやメンテナンスの仕事をしていた関係で、コンソール（コンピュータの制御卓）の文字配列はまだ覚えていた。ワープロも同じなので、試してみると、入力は意外と簡単に操作でき、一週間、家で集中練習をして銀行に戻った。

銀行の当時の機種は富士通であったが、機能的にはほとんど同じだったので、富士通オアシスの言語を使って、自らワープロを打ち始めた。女性達はビックリして私の周りに人だかりが出来た。

「副支店長！　どうしたのですか？　気でも狂ったんですか？」

「気が狂ったんじゃない。ワープロを特訓したんだよ。今の時代、ワープロぐらい打てなくっちゃあね」

当時としては大事件であった。女性たちの仕事（清書）がなくなる、という危惧もあったが、副支店長がそのようなことを始めるとは配下の行員は思わなかった。

それから数年経ち、私が梅田支店長に就任したころから、ワープロではなくパソコンに移行し出した。新しいことが好きな私は、単身赴任ということもあり、難波日本橋の電気街に出かけ、また、パソコンを買い込んだ。その頃は、パソコンは高価で、行員全員に設置することができないので、私的に買って勉強を始めた。しかし、ワープロからの移行はそんなに難しいものではなかった。

いまではクラウドシステムを使って、会社、自宅、モバイルのパソコン情報を共有化し、どこにいても、同じ情報を取り出して、パソコン操作ができるようになった。

この本を書くにあたっても、記憶だけでは書き切れない部分、過去の保存データーが大いに活用されており、とても、便利となった。

平和相互銀行の倒産

当時、私は興銀東京支店の副支店長であった。副支店長には融資担当と資金担当の二人がいたが、私は資金担当副支店長で、金融機関への利付金融債（リッキー）を販売することと、割引興業債券（ワリコー）など個人販売部門の責任者となっていた。

興銀は常に〝大企業中心の興銀〟というイメージがあったが、これを払拭するために、東京支店には〝興銀中小企業センター〟というサブタイトルが付けられ、融資部門においても中堅・中小企業を集中させて東京支店で融資を行っていた。東京支店の金融機関担当というのは、相手が都市銀行など大手銀行ではなく、地方銀行、相互銀行、信金、信組等、中小金融機関がその相手で、呼び名を〝地・相・信・組〟（ちそうしんくみ）と呼んでいた。

１９８７年（昭和六十二年）からバブル景気（平成バブル）が始まり、土地、株式、その他商品が高騰し、皆が〝バスに乗り遅れるな〟とでもいうように、銀行も不動産融資や株式など投機資金の貸出に精を出していた。これが約五年間続いたのちバブルが弾けて、長い不況に突入した。

地・相・信・組の内、一番バブルに踊らされたのは相銀グループであった。当時、東京を本店とする相銀には東京相互銀行、平和相互銀行、国民相互銀行、第一相互銀行、ときわ相互銀行の五行であったが、ときわ相銀を除き、殆どの経営者はオーナー経営者で身内の不動産会社などに、大量の資金を融資し焦げつかせていた。それが、バブル崩壊とともに不良債権に転化し、経営が行き詰まった。

このころ、私は月に一～二度、金融機関を回り情報を集めていたが、相銀行員から聞く話で、一番問題含みなのが、平和相銀であった。救済のために他行との合併話も噂に上っていた。

私はいざ破綻したときの対応を考え、平和相銀の審査調書を作成することとし、配下の行員に項目ごとに分担させることとした。銀行が融資を実行するときに、前もって返済が可能かどうか審査をするが、この調書はそうした観点に近いものであった。

通常、審査項目は、結論、経営者、業界、財務、収益、融資使途、返済原資と回収見通し、担保、連帯保証人などであるが、平和相銀の調書は融資が目的でなく、金融機関が倒産した場合の救済であるから、過去の事例なども研究し、その具体的な方法も考察した。

この調書作成には三カ月ほどかかった。五十ページ程になったので、もし、調書を説明すると大変なので、Ｂ４判一枚ものレジメを作成した。これで、何が起こっても大丈夫。準備万端である。

このレジメが完成した翌日、〝日経新聞〟一面に〝住友銀行、平和相銀を吸収合併〟と、大々的に報道された。いつかはそういう時期が来るかも知れないと、想定はしていたものの、この新聞記事はあまりにもタイミングが良すぎた。

出勤したとたん、本店業務部から常務東京支店長と私に連絡があり、直ちに打ち合わせを行なうので、本店に来るようにとの命令が下った。

後に頭取に就任した西村正雄常務を筆頭に、関係部署、東京支店側を合わせて三十名程度が集まった。私は、出来立てでまだ湯気（？）が立っているようなレジメを出席者に配布し、調書本体はメインの立場の人に十部程度コピーして配布した。説明は約三十分かかった。代表取締役の西村常務は、

「短期間で良くこれだけのものが書けたね。いつ、書いたのかね。予め、どうして準備できたのかね？」

「本日のことが、予測できた訳ではなかったのですが、いざという時にはそれだけの説明が必要だと考えていましたので、三カ月前からこの調書の作成に着手しました」

説明を終えて、東京支店に戻ったら、当時の常務東京支店長が私を支店長室に呼んだ。

「濱田君のお蔭で、この急場を凌ぐことができた。ありがとう。それにしても、良く調べ上げたね。感心したよ」

この日は、平和相銀は大騒ぎであったが、私たち金融機関担当者たちは役目を果たしてホッとした瞬間であった。

梅田支店長、難波支店長時代

東京支店副支店長の次に大阪の梅田支店長を命じられた。大阪では料亭の女将、尾上《おのうえ》縫《ぬい》の噂が盛んであった。当時、尾上縫は〝北浜の天才相場師〟と呼ばれ、一料亭の女将でありながら数千億円を投機的に運用していた。この運用のため、証券会社や銀行が、株式、定期預金などに取り入れようと過当競争を繰り広げていた。興銀もその例に漏れず、ワリコーを購入してもらうべく女将専属担当を置いて、彼女を攻めていた。

その料亭〝恵川〟は大阪みなみ、難波千日前の近くにあった。難波支店長や大阪支店関係者、梅田支店長は接待にその料亭を使っていたが、私は、あえてその料亭を避けていた。一介の女将が数千億円もの資産を持っていることが信じられないからである。

多分、私の推測では、一定額の定期預金を設定し、それを担保に融資を受け、また、定期預金や株式を購入するという信用創造で資産が膨張しているだけで、景気が逆回転したとき、例えば、株式が暴落したりしたら、直ちに、担保不足で追証が発生するという仕組みである。

私にはそのことが気になって〝君子危うきに近寄らず〟で、女将と顔を合わせることを避けていたのである。

ある日、大阪支店の資金部長に、私の考え方をぶっつけてみた。資金部長は、

「それは、個人の節税のためだよ。融資や預金利息と株式売却益の両建てで節税しているのだ」

「でも、現在の資金運用や調達の方式で、個人的な節税はできないと思いますよ」

梅田支店長になって二年近くになったが、まだ、女将のお店には一度も行かなかった。しかし、とうとう女将から呼び出しがかかった。大阪支店長と一緒に来い、という命令である。やむを得ず、三人で宴席をもったが、女将は私に向かって、

「歴代梅田支店長はこのお店に良くきてくれはりましたが、濱田さんはこれまでどうして来てくれへんかったん？」

「梅田支店長は、お客様とのお付き合いで、どうしても〝北の新地〟になってしまうので、難波まで伺う機会がなかったものですから……」

梅田から難波まではたった四㎞で、十五分もあれば行けるが、あえて、尤もらしい理由を付けて説明した。

そのころは、バブル崩壊が徐々に進み、手持ちの株式が評価損を出し始め、担保価値が減殺されていくなかで、尾上縫は架空の定期預金を信用金庫に作らせ、それを担保に融資を受けていた。この証書偽造が発覚し、平成三年八月に詐欺罪で逮捕された。

私と初めて話をしてから一カ月も経たない内に逮捕され、私も深みに嵌まらず済んだ。

このあと、女将の店〝恵川〟に近い難波支店長に転任した。何故、難波支店長に転任したかと言えば、濱田は大阪を良く知っており、尾上縫とは過去まったく付き合いがなく、清潔で真っ新らだから、急場を凌ぐには濱田が最適任、との判断であった。

真っ新らな濱田とはいえ、マスコミからすれば難波支店長は格好の標的で、その後、数カ月、追っかけられ、そして、芦屋の単身赴任寮まで押しかけられた。しかし、私はマスコミに対しては徹底して沈黙を保った。

その二年後、大阪勤務通算四年、梅田支店長と難波支店長とを無事、務めあげて東京に戻り、興銀食堂（後の、アイビーレストラン）の社長に就任した。

「興銀は支店が二十店舗しかないのに、濱田はその内二つも支店長をやった。厚かましい男だ」

と同期の仲間から、愛情のある目（？）で冷やかされた。そう言えば、名門大学が多い興銀にあって、私の経歴からすれば支店長になる余地はないのであろうが、そこは興銀の度量が大きかった。決して、差別はしない銀行であった。

ただ、その同期は、私が支店長になってどんなに苦労したか、ということも知らずに〝厚かましい男〟だと認定したのは、今でも誤りだと思っている。

なお、後日談であるが、〝恵川〟の尾上縫は数年前に没したことが判明した。

第三章　アイビーレストラン

阪神・淡路大震災への差し入れ

１９９５年（平成7年）1月17日、阪神・淡路大震災が発生した。私はその前年、１９９４年7月に難波支店から東京の本店に転勤したが、難波支店在任中は芦屋の社宅に住んでいた。阪神・淡路大震災とあるが、芦屋も相当の被害があった。私の住んでいた芦屋の社宅は鉄筋コンクリート四階建てで、五棟あるうち四棟までが傾き、新しい一棟だけが被害を免れた。私は芦屋に住んでいたころは残ったその新しい棟に住んでいた。

芦屋社宅の角に六十坪ほどの医者の豪邸があったが、二階が潰れ平屋のようになっていた。興銀社宅の男性は、その崩壊した医者宅に救助のため集まりご夫妻を助けだした。また、近くに福岡銀行大阪支店の社宅があり、十棟ほどある平屋が全部ペシャンコになっていた。これも、興銀社宅のメンバーは助け出した。その貢献もあり、半年後に福岡銀行の頭取から表彰状を受けることとなった。

地震が発生した日、1月17日午前五時五十分ころ、東京でも震度二～三程度の揺れがあった。私は、元々早起きではあるが、その時間帯には起床しており、揺れを感じて直ぐにテレビをつけた。その地震は、神戸の長田区あたりが震源地と報じていた。

私は昔、若い時代に興銀神戸支店に四年間勤務していたこともありその周辺は良く知っていた。しかも、芦屋から戻って半年しか経っていない時期に発生した地震だったので、人ごとではなかった。

テレビの放映は、まだ、地震直後であり、空を舞うヘリコプターからの映写は、さほど悲壮感がなかった。しかし、時間が経つにつれ火災が発生し、その火災発生場所がドンドン拡大し、黒煙が神戸の空を覆った。

これは大惨事だ。日頃使っていた国道四十三号線の上にある阪神高速道路の橋桁が数百メートルにもわたって倒壊しており、町中のビルが横倒しになり道路を塞いでいた。また、映像には私にとって馴染みのある商店街が壊滅状態になっていた。涙が出そうになった。

神戸から本店に戻った私の配属先は興銀内の給食を提供する子会社〝興銀食堂〟社長であった。当日、出勤して最初に考えたことは興銀食堂として何か差入れができないか、ということであった。早速、幹部を集めて協議した。

「何か差入れをしたいが、どうすればよいだろう」

「料理を弁当形式にして差入れすることは可能であるが、運搬手段をどうするのか？」

協議を続けているうちに、興銀神戸支店のビルが傾むき、業務遂行ができない状態にあり、神戸元町の山手側にある社宅を仮事務所にすることを知った。この社宅は、昔、私が住んでいたところでもあった。

この惨状に興銀役員たちもどのような支援ができるかを検討している最中にあった。その中に重要な情報があった。副頭取が翌日、ヘリコプターで現地訪問するということである。

それなら、ヘリに差入れを積み込むことができる。昔、神戸支店にいた私は、「ヘリはたぶん埋め立て地の神戸ポートアイランドに着陸するに違いない。そこから神戸大橋を渡って市内に入り社宅までの約五㎞なら運べるだろう、但し、情報によるとその神戸大橋は陥落していないものの、路面が破壊されて車が通れる状態ではない。歩いてなら通行可能らしい」

ということが判明した。そこで、私は、部下に命じた。

「ヘリに自転車を積み込む手配をして貰ってくれ」

興銀役員秘書室とのコミニュケーションも取れた。あとは美味しい料理を作って、自転車で運搬できる状態の梱包にして持ち出すことだけだ。調理室に命じた。

「明日、早朝出勤して、朝十時までに料理を作って梱包して下さい。興銀ビルの屋上のヘリポートにヘリが到着します。そこに料理を持ち込むようにして下さい。但し、乾き物はだめ、できるだけ新鮮なもの、例えば、刺身、天ぷら、ステーキなど、混乱している町中では手に入らないものを用意するように、経費の心配は無用」

副頭取の随行で若い行員も同行することになっていたので、その者に、自転車を運転して貰い、仮事務所まで運んでもらうように手配した。この差入れは形式上は副頭取からの差入れとすることにした。

数日経って、この予想もつかない差入れが大反響を呼んだ。震災の翌日に東京からへリを使って、新鮮な生ものを差し入れた、ということなのである。仮事務所の神戸支店行員たちは大いに喜び、感謝しているという情報が入ってきた。

東京にいて、あのような非常事態の時に何ができるか、難しいことであったが、そのなかで、食料の差入は興銀食堂ができる最小にして、最大の支援と考えた。そして、現地行員が大いに感動し、喜んでくれたことは、私たちの救いであり誇りであった。その〝ヘリによる東京からの差入れ〟は当時、大きな話題を呼んだのであった。

食堂支配人との闘い

興銀食堂社長に就任したときは五十二歳であった。その年齢になると、そろそろ銀行から転出する時期であるが、その時点では、まだ、銀行に籍を置いたままであった。興銀食堂社長は私で十六代目であった。このポストはいわゆる〝スルーポスト〟で銀行の外に出るまでの一時待機ポストでもあった。だから、短い社長は十一か月、長い社長でも三年であった。ところが、私は銀行員より〝食堂マン〟の方が似合う、とまで言われ、結局七年間も社長を務めた。

食堂は現業のトップに支配人がいて、その人がすべてを支配しており、その上に社長が乗っかっているだけで、社長は現業には殆どタッチしていなかった。

当時の興銀食堂は行員の社員食堂として、昼食を四ヶ所で四千食提供するほか、役員食堂や来客用食堂、特別食堂など、興銀本店の中に約二十ヶ所、ＶＩＰ食を毎日二百食を提供する場所があった。また、一週間に三回程度、銀行関連のパーティがあり、そこにもパーティ食の提供がされていた。残念ながら、これら本店等の建物は現在では既に取り壊されているが……。

銀行子会社なので〝売上げを伸ばせ〟ということはなく、美味しい食事の提供と食の安全、火を使う職場なので防災の観点で経営することが社長としての使命であった。市場価格に直せば年商十億円ぐらいの規模であったろうか。また、当時、社員や派遣社員等で百五十名ほどの従業員がいた。売上の割りには人的には大規模であった。

運営を支配人に任せる、というのは長い習わしとなっていていたが、それが良い面と悪い面があることに気がついた。就任早々、社員の一部から支配人に対する不満について、私に直訴があった。

スルーポストで、短期間の社長であれば、その期間、大人しくしていた方が良いが、私は性格が直進的なので、放っておくわけにはいかなかった。しかし、直訴した社員だけの意見を取り上げるのもリスクがあったので、全社員を対象に、職場の実情についてのアンケートを行なった。そのアンケートの結果は、

①　支配人派閥があり、昇給、昇格で差別される。
②　支配人がウエイトレスを膝に乗せたりおんぶしたりして問題だ。（今でいうセクハラ）
③　〝この会社の権力者は俺だ、社長はいつでも首に出来る〟と豪語している。
④　特定の仕入先とゴルフ、旅行し、その取引先だけを贔屓にしている。
⑤　支配人をコントロール出来る人はこの会社にはいない。

など、支配人に対する現場の評判がすこぶる悪い。更に、正月の挨拶回りで来社した仕入業者の意見をヒアリングしてみると、

①　リベートを要求する。
②　業者に高圧的である。
③　業者間の差別がある。

等を口々に漏らしている。

私は支配人を呼んで、次のことを指示した。

「私が新社長になって半年、この会社の内情を知るために社員向けにアンケートを実施した。また、仕入業者からの意見も聞いた。ついては以下のことを守って欲しい」

「癒着を避けるために仕入業務を支配人所管から本社事務室に移管する。社員には分け隔てなく公平に接し、依怙贔屓《えこひいき》をしないこと。業者とゴルフ、旅行をするときは事前に私の承諾を得ること。ウエイトレスとは仲良しクラブでなく、教育的観点から接し、指導すること」

支配人はこれまで歴代社長から、

「君に任せておけば安泰なので、現場の管理、運営をよろしく頼む」

と、言われ続けてきたので、就任間もない新社長からこのような批判的なことを聞かされるとは思ってもいなかった。

ビックリして腹心の部下に漏らした。

「今回は濱田社長が替わるまで辛抱する。どうせ、一年程度で異動があるだろう」

仕入業者は、

「仕入業務の本社移管は興銀食堂の歴史に残る大改革だ！」

社員からは、

「あの、天下を制する支配人に、よくぞ言ってくれました。歴代社長は最後には気がつくが、就任早々にそのようなことをズバリ言った社長はいない」

再び、支配人に申し渡した。ＶＩＰ客をもてなすウエイトレスのことであった。

「ウエイトレスの人数が多い気がする。当社はランチが主業で仕事は十一時～十四時までの三時間に集中している。その三時間のために八時間労働の正社員を他数採用するのは人件費の無駄ではないか。もっと、効率的な人事配置ができないか？」

「濱田社長は現場を知らないからそのようなことをおっしゃる。もっと、現場のことを勉強されてからご意見を述べていただきたいと思います」

謙虚ではあるが、厳しい意見であった。

「分かった。それではウエイトレスの働く職場をつぶさに見て回ろう。昼の三時間、役員室関係やその他、ＶＩＰ客用のパントリー（配膳室、食品保存室）に二カ月間常駐する」

ある日、役員階のパントリーで、ウエイトレスが湯を沸かしたまま早めの昼食に出かけた。私が社長に就任する数年前にパントリーで火災を起こしたことを聞いていたので、支配人を呼んで注意した。

「無人のパントリーで湯を沸かすことは考えられない。火災や地震が発生したらどうするのか。危険極まりない。このことを支配人は知っていたのか」

「そのことは知らなかった」

「十四年間も特食部門を仕切っている支配人が、この事実を知らないということは信じられない。管理不行き届きである。ウエイトレスへの教育をちゃんとして欲しい」

「分かりました。責任をとって支配人を辞めさせて頂きます」

この発言にビックリした。悪評のアンケート結果を知らされ、また今回、このような指摘を受けて嫌気がさしていたのだろう。しかし、現業のトップがこんなに簡単に〝会社を辞める〟などと言って良いものであろうか。

あとで判ったことであるが〝会社を辞める〟という言葉は支配人の〝伝家の宝刀〟である。これを口にすれば〝辞めるなどと言わないでくれ〟と社長は懇願することを知っていた。しかし、私はそのような返事をしなかった。

「辞めるのか。分かりました」

一週間ほど経って、興銀取締役人事部長から呼び出しがかかった。何のことかと行ってみると、

「支配人から手紙が来て〝濱田さんから辞めろ〟と言われた、と言っている。これは事実か？　そして、辞めたくないので、何とか特別な配慮をお願いしたい、とある」

「私は辞めなさい、といった覚えはありません。本人がことの経緯でそのように発言したのです。ただ、今回のことだけでなく、社員のアンケートや仕入業者の意見を聞くと、今の支配人は相当、問題含みだと思います。これから、社内改革を進めようと考えていますが、何かと、支配人が〝壁〟になって抵抗するので困っています」

「何とか、穏便に済ます方法はないのか？」

「私は興銀食堂の経営を任されて社長に就任したと思っています。私は支配人を辞めさせた方が、会社や従業員のためになると考えます。私は支配人からの申し出により退職を承諾しただけで、そのことを、言い方を変えて〝銀行の上層部に訴えて保身を図る〟などということは許されることではないと思います。私の結論としては彼を退職させますが、それが〝銀行の方針に反する〟とおっしゃるのでしたら、私を首にして下さい」

相当な啖呵を切ってしまった。これは、私個人の問題でなく興銀食堂のためだと信じていたので、言うことの抵抗感はなかった。そして、社員アンケートの分析結果を資料として提出した。人事部長は、

「この件は、暫く預かります」

また、二週間経って、呼び出しがかかった。

「アンケート資料を読んだ。銀行の担当常務とも相談したが〝濱田さんの言うとおり〟だと判断しました。そこで、一つ条件があります。退職させるに当たって退職金を増額するなど穏便な処置をお願いしたい。それと、支配人が辞めるときに調理人を引き連れて出ていく、ということを聞く。それがないようには注意していただきたい」

「分かりました。配慮します。殆どの調理人は支配人に批判的ですので、引き抜きに応じる者はいないと思いますが、注意して対処します」

そして、結論が出たところで支配人を部屋に呼んだ。

「あなたが銀行常務二人にレターを送った、と聞いた。自分で退職の申し出をしながら、退職させられるというような表現には問題があるが、結論としては、あなたの退職を銀行も承認したので、二カ月後に辞めてもらう。ただし、退職金についてはこれまでの貢献に配慮して増額するので、以後、問題を起こさないように」

「分かりました」

その後、何のトラブルもなく退職した。そして、私の大改革が始まった。抵抗する人は誰もいないばかりか、あの絶大な権力をもつ支配人を辞めさせたことの評価が社員や業者の評判となり、全面的な協力をいただけることとなった。

ウエイトレスの過剰人数も四時間だけの派遣システムに変更し、年間一千万円以上経費削減が図れた。そして、いろいろな改革をし、私が社長に就任した七年間に、延べ七億円の経費削減を図ることに成功した。平均すれば一年に一億円の経費削減である。興銀食堂というのは設備費や人件費などを銀行から〝業務委託費〟として支援を受けて運営しており、七億円の削減は銀行の経費削減に繋がった。銀行からは、

「親としては、子供から小遣いを貰った気持ち」と喜んでくれた。そして、就任七年目にして〝親への貢献度が高い〟として表彰されることとなった。それが、この感謝状である。

その後、アイビーレストランは他の会社と合併し、銀行子会社から離れ、二十年前の社員は殆ど定年退職となった。銀行も興銀からみずほ銀行に変わった。

感謝状

株式会社アイビー・レストラン
取締役社長 浜田晃好殿

貴社は平素より高水準の衛生管理体制を維持しつつ新メニューの開発等本行行員のニーズへの迅速な対応に努められる傍ら仕入れ方法に創意工夫を施すなど業務の大幅な改善及び効率化を実現されました
その積極的な取り組み姿勢を心から讃えここに感謝の意を表します

平成九年六月二十七日

株式会社日本興業銀行
取締役頭取 西村正雄

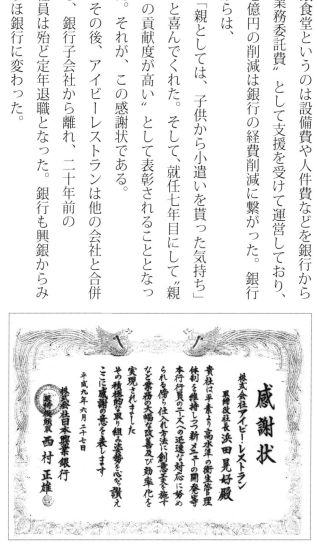

第四章　株式会社ベスト

前にも記したが、私は興銀の債券や融資の取引先個人とのお付き合いは、転勤等で地方や仕事を離れても、年賀状等で挨拶や、時にはランチや飲み会などを行っていた。

興銀神戸支店で債券課長代理をしているときに、新聞やチラシ、ＤＭ（ダイレクトメール）など、広告のデザインを担当する個人デザイナーに嘉多普司《かたしんじ》さんという方がいた。私より二歳年上の嘉多さんはお酒は飲まないのに、私との相性が良かったのか、私がいろいろなところに転勤しても必ず年に二回程度は訪ねてきてくれた。

嘉多さんは旅行が好きだった。飛行機や新幹線で旅をするのではなく、夜行列車や各駅停車の普通車でトコトコと旅行するのが好きな方であった。それも、近くでなく神戸を出発点として、九州、青森、北海道など、とてつもなく遠い旅を好んでいた。

嘉多さんが東京に来るときは、神戸の前任者である竹葉栄秀《たけばよしひで》さんのマンションに宿泊するのを常としていた。竹葉さんは私より八歳年上の、当時、株式会社ベストの社長をしていた。嘉多さんが上京したときは竹葉さんのマンションに泊まり、そして、必ず私のところに寄り、好きなうなぎを食べながら雑談をするのを楽しみにしていた。２００1年のある日、上京した嘉多さんから電話があった。

「濱田さん！　相談したいことがあるねん」

「それじゃ、いつもの京橋のうなぎ屋〝竹葉亭〟で会いましょう」

今回はいつもの雑談ではなく、話は深刻であった。

「濱田さんには詳しく話をしたことがないのですが、神戸時代の私の前任者で、竹葉栄秀という人がいて、株式会社ベストという会社の社長をしているのですが、今、大変なことになっているのです」

「大変って、何が、大変なんですか？」

「この竹葉さんが、群発性脳梗塞という病気で倒れ、会社の存続が危ぶまれているときに、ナンバー2の速水（仮名）という男が、会社を乗っ取ろうとしているのです」

「〝乗っ取る〟とは尋常ではないですね。その人がナンバー2であれば、次の社長にすれば良いではないですか？」

「いや、病気で倒れた隙に〝俺が社長になるから、会社の株式を無償で譲れ！〟と竹葉社長を脅しているんです」

「無償で譲れとはひどい話ですね。買えば良いのに。買ってそれを退職金代わりに、その竹葉さんに支払えばいいじゃないですか」

「いや、その速水は経営的に社長になる器ではないので、彼に任したら会社が倒産すると竹葉さんが言うのです」

「脳梗塞をしていて、良くそのような判断が出来ますね」

「竹葉さんは新宿のロータリーに入っていて、そこのメンバーの弁護士に相談したらしいです。自分は病気でちゃんとした判断が出来ないので、何かあればその弁護士に相談するらしいです。この件で、その弁護士は〝簡単に株式を手放してはいけない〟とアドバイスしたらしいが、そのあと、どうするか、今、考えあぐねているようです」

「まるで、映画に出てくる経営者の内紛ですね。ナンバー２の速水さん以外に社長になる人はいないのですか？」

「いないのです」

「それで、私に相談したいことって何なのですか？」

「竹葉さんは〝社員の意見を聞いて判断したいが、どう聞けば良いか分からない〟と、私に相談がありました。そのことで、神戸から呼び出されたのですよ」

「それで、わざわざ神戸から来られたのですか？」

「竹葉さんは、何か、相談ごとがあると私を呼び出すのです」

「すごい、いい関係なんですね」

「それで、濱田さんに相談したいことは、今回の件で、社員からの意見を聴くためのアンケートを作成して欲しいのです」

「何んで、私に？」

「濱田さんは神戸時代から良く知っていますし、いつも、経営的な判断をされていて、これまでも、私にいいアドバイスしてくれているので、竹葉さんに〝適任者がいますよ、興銀の濱田さんという人です〟と話しました。彼も〝是非、その人に相談してくれ〟と言いますので、今日、私が参った次第です。社員に対するアンケートの作成をお願いしたいのですが、引き受けてくれますか？」

「それくらいのことなら、簡単ですからやりますよ」

そして、翌日、嘉多さんにアンケート原案を渡した。内容は次のようなものであった。

〈社員へのアンケート〉

私は、竹葉栄秀社長の友人で神戸に住む嘉多普司と申します。竹葉社長から依頼があり、社員の皆さんに、個別アンケートをさせていただくこととなりました。

竹葉社長からは「ご承知のとおり、私、竹葉は脳梗塞を発病し、身体が不自由になりました。このまま社長として経営することが出来ませんので、社員の皆さんのご意見をお聴きし、この会社をどうするのかを決めたいと考えています。アンケートのあと個別面接を行います」とのことです。ご協力をお願いします。

①これからの会社の行く末に厳しいものがあります。この際、会社を閉めて清算する、または、社員から経営する人を選び会社を存続させる、のどちらを選択しますか。

②個別面接を行ない、役員の意見も入れて、もし、この会社を存続させるという結論

に至った場合、あなたはこの会社の仕事を続けますか。それとも会社を辞めますか。

③会社の現状ですが、私、竹葉の病気以外のことで、副社長の速水さん等との間でいろいろ問題があるということはご承知のことだと思います。どうしてこのような状態になったと考えますか。何がいけなかったのでしょうか。

④この会社の良い点、悪い点は何でしょうか。良い点を更に伸ばすにはどうしたらよいでしょうか。また、悪い点を改善するのはどうしたら良いと考えますか。

⑤もし、あなたがこの会社を辞めると決心した場合は他に勤める先がありますか。また、あなた自身独立する、或いは独立したい気持ちがありますか。

翌日、私がこのアンケートを渡したときに、脳梗塞治療中の竹葉社長が嘉多さんと共に私を訪ねて来た。初めて会ったが、杖をつきながらやっとの思いで、私の住む新宿御苑駅近くの喫茶店にたどり着いた印象で、しかも、たどたどしい口調で何かしゃべっていたが、内容は殆ど聞きとれなかった。

「このアンケートのあとの面接はどなたがするのですか？　社長はご無理なようですし、副社長の速水が面接するには問題がありますし、嘉多さんは部外者ですし、他に、役員で面接する方はいないのですか？」

「そこなんです。誰もいないので、濱田さんがやってくれませんか！」

「ええ！　私は部外者も部外者、単なる影武者ですよ。そんな私が面接などしたら、社員はビックリして本当の気持ちなど話せませんよ！」


その時、予期せぬ言葉が竹葉社長と嘉多さんから発っせられた。驚きだった。予め、二人で打ち合わせした結果のようであった。

「濱田さん！　わが社、ベストの社長として来てくれませんか？、そうすれば、面接しても違和感がないでしょう」

「違和感がないって、私が、突然、社長で行ったら、それこそ違和感の塊になりますよ」

私は七年間、興銀子会社の給食をつかさどるアイビーレストランの社長をやり、六十歳の定年が来たので、最後のご奉公として、ＪＣＢやダイナースなどを扱うカード会社〝興銀カードサービス〟の監査役として就任したばかりであった。

しかし、この要請には多少の興味が沸いた。

「それでは、株式会社ベストの三年間の決算書を見たいので、それをいただけるでしょうか？　それを見てから返事をします」

決算書の内容は私の分析では中小企業にしては優良企業に入ると直感した。その時の預貸率は100％を超えていた。中小企業は預貸率が30％以上であればまずまずの財務状態だったので、100％超であれば、当面の資金繰りには問題ない、と判断した。


当時の興銀カードサービスの社長は河西京二さんという方で、私は河西さんに興銀内で三度目のお勤めを果たしていた。あとで聴くと、私を監査役に迎えてくれたのは河西さんの〝引き〟にあったらしく、私も、最後の務めとして最適な職場だと喜んでいたところだった。その河西さんは私にこう言った。

「はまやん、もう少し、ここに居てよ」

興銀人事担当の常務取締役のＫさんにも、当然、相談すべきことであった。Ｋさんは

「そんなに請われているなら、その会社に行ってやれば……」

そんな綱引きが行なわれていた。Ｋさんは次のようなことを言ったので、遂に、私が決断した。

「濱田さんは興銀の指示でなく、自己判断でこの会社に行くことになります。その場合は、転出先の株式会社ベストでトラブルが発生して会社を去ることになっても、興銀がその後の就職の世話をすることが出来ません。これが原則です。しかし、今回の話は濱田さんの力量を買われて会社の建て直しのために行くのですから、例外措置として〝興銀からの転出〟という扱いにしましょう。そうすれば、また、帰ってきても就職先を世話することができます」

「ありがとうございます。それでは、背水の陣で株式会社ベストに行ってきます」

この言葉を聞いて、もりもりと意欲が沸いてきた。

「何がなんでもこの会社を建て直して見せる」

…………………………………………………………………………

私は最初の社員向けの就任挨拶で次のことを話し、決意を表明した。

「ただ今ご紹介いただきました濱田晃好でございます。名前の読み方ですが〝はまだてるよし〟と言います。まずは、自己紹介をさせていただきます。

私は日本興業銀行という所に永く奉職しており、これまで大阪、神戸、名古屋、東京と四ヶ所を計九回引っ越しを伴った転勤をしました。興銀の後半のポストとしては、東京支店副支店長、難波支店長、梅田支店長でした。五十二歳の時に興銀の子会社である株式会社アイビーレストランの社長に就任いたしました。アイビーレストランは興銀関係の給食とＶＩＰ用の特別料理と、接待クラブ等の営業で、年商が当社とほぼ同じ十億円程度、そして、従業員が百名ほどいました。その会社を六十歳という節目に社長を後輩に譲りまして、その後、興銀カードの監査役に就任しました。

今回、当社に入社することとなった経緯をお話しします。

そうした興銀生活の中で、或いはご承知かどうか、竹葉社長は、以前、神戸にいらっしゃった時、興銀神戸支店の広告をお願いしていたことがありまして、その時から興銀との関係がありました。本日の私の社長就任はここが原点となります。

私自身、広告、ディスプレイ関係はそう詳しいとは言えませんが、年齢で言いますと三十五～四十歳の時代、興銀のワリコーやリッキーという債券の販売に絡んで、新聞広告、チラシ、折り込み広告、商品パンフレット、店頭ディスプレイなどを業者に発注した仕事に携わっていたことがあります。その面ではベストは興味深い仕事の分野だと思っておりますが、皆様に比べれば、まだ、素人の域を出るものではありませんので、いろいろお教えをいただきながら仕事を進めて参りたいと思います。

次に、経営方針ですが……。

まだ、社長に就任したばかりで、経営方針があるわけではありませんが、この三月の決算を終了させ、新たな年度になった時点にでも、私の考えをご披露申し上げたいと思います。先ず、私がなすべきことは、この会社の中身を勉強すること、お得意様を訪問して社長就任のご挨拶をすること、銀行等財務関係の社長交替の手続きを行うことです。

そうした後、社員の皆様全員と面接を行ないたいと思います。皆様のこの会社に対する〝思い入れ〟を肌で感じて経営に生かしてまいりたいと思います。その時期は来年三月頃になるかと思います。

私が銀行から参りましたことで、社内のリストラを始めるのではないかという噂を聞きましたが、そのような目的で来たわけではありません。最初に〝リストラありき〟ではなく、企業として売上げを伸ばし、利益を挙げ、お客様に喜んでいただいて、その上に従業員が働きがいを持つ職場、ということにあると思いますので、こうした考えを根底に経営を進めてまいりたいと思います。

なお、営業面ではこれまで竹葉社長が前面に出てお仕事を進めて下さいました。竹葉さんはご承知のとおり、体調面で不安がおありです。当面は、竹葉さんのお身体に配慮しながら、二人三脚で進めて参りたいと思います。

最後に、締めですが、これからは竹葉社長とともに、元気で楽しい会社づくりをやって参りたいと思いますので、よろしくお願いいたします。ありがとうございました。

……………………………………………………………………………………

パソコン第一号

社長に就任したものの、経営者を外から入れたことのないベスト社員にとっては、社長とどう接すれば良いか分からず、とまどうばかりであった。当の私はそのことにお構いなしに、社内改革に取り組もうとしていた。土・日に自宅で改革内容を考え、月曜日九時出社の前、午前八時に役員、部長等を集め、早朝会議を毎週行なった。

そのころは中小企業といえども、パソコン処理が主流であったにも関わらず、ベストにはデザイン部門にマッキントッシュがあるだけで、ウインドウズは一台もなかった。

土・日に自宅で資料を作成するのに、私のパソコンを使ったが、会社に来てもパソコンがなく、資料の印刷もできない状態であった。やむを得ず、自宅で使用していたノートパソコンを出社のたびに会社に持ち運んだ。そして、社員に聞いた。

「今の世の中、社業はすべてパソコン処理されているのに、君たちはどうしてパソコンを使わないんだ？」

「経営者がパソコンなど必要ないと言うのです。経理を所管する速水さんも同じ意見で、今だに、経理は手書きで処理されています」

「大事な取引先である三越とのデザインのやりとりや、メールでの情報交換などはどうしているの？」

「ファックスや電話でしています。三越さんは〝ベストにはパソコンがないから連絡しにくい〟と苦情を言われています」

「社員の皆さんの自宅にはパソコンはあるのですか？」

「若い社員の殆どはノートパソコンを持っています」

「分かりました。まずは、当社にパソコンを導入しましょう。第一号は私のところに置いてください。そして、役員、部長、副部長と上から順にパソコンを配置します。上の立場の人がパソコンをマスターしたら、順次、下におろして行きます。上の人が勉強しなければ、いつまでたっても若い社員に下りていかないこととなりますので、早く覚えるようにして下さい」

このやり方は効果があった。半年ばかりで全員にパソコンが行き渡った。取引先の三越やその他の取引先も大喜びであった。お客さまは、

「これで、やっと、ベストとはパソコンでやりとりができる」

これらのパソコン化に当たって、私の知人のシステムアドバイザーを採用した。一週間に一度出社し、システムの構築についてのアドバイスや、社員からのパソコンに関する個別相談を受けてもらった。また、これを機会に、デザイン部門のマッキントッシュ

はバージョンアップして効率化を図った。

デザイン会社に相応しい社内美化

社内はとてもデザイン会社と思えないくらい汚い職場であった。このころ、ゼネコンや廃棄物処理業界などで話題になった〝三Ｋ職場〟というイメージであった。三Ｋ職場とは〝きつい〟〝汚い〟〝危険〟の三条件に当てはまる職場である。私は早朝会議で次のように言った。

「世の中、三Ｋ職場という言葉がある。きつい、汚い、危険のＫであるが、わが社に来て、この職場も三Ｋだと思った。ただし、わが社の三Ｋは〝暗い〟〝汚い〟そして、タバコの〝煙り〟だ」

天井の蛍光灯は古くて暗く、本数も部屋の広さに比べれば少なかった。牢獄とまで言わないが、部屋の中は暗いイメージであった。また、部屋は物置かゴミ箱のように、物が散乱していた。机の周りも靴や作業服が無造作に置かれていた。始めから汚いので、片づけようとする気持ちも出ないのであろう。そして、部屋はタバコの煙で充満していた。

私も、昔、タバコを一日四十本を吸っていたので、吸う人の気持ちも分からないではないが、一旦、タバコを止めると、匂いだけで耐えられない気持ちになる。それが、この会社では職場で自由にタバコが吸えたのである。吸わない人にとっては受動喫煙の被害甚大である。そして、私は言った。

「この三K職場を変えたい。まずは、蛍光灯を倍の本数にする。何十年も使っている机を新しいものに換える。机の周りに私物を置かない。タバコは職場では禁煙とする。但し、小部屋を作り、集煙装置を置いたところでの喫煙は認める」

そして、職場で必要な資料、カタログ等は一ヶ所に集め、デザインを嘉多さんに頼んで大きな棚を設置した。営業室に入ったら、直ちに目に留まる赤、青、緑の棚である。そして、社員に言った。

「ベストという会社は美しいものをデザインしたり、つくったりする会社である。環境が美しく、きれいでないと、素晴らしい作品が生まれない」

三越の部長が改装なったわが社に見学に来た。帰りぎわにこうつぶやいた。

「前に、ベストさんを訪問したことがある。その時、口には出さなかったが、実に汚い職場で〝こんなところに三越の仕事を頼んで大丈夫かな～〟と思ったことがあった。今日、新しく改装されて安心しました」

社長更迭の連判状

竹葉社長は会長に就任し、私が社長に就任して半年が経ったころである。いろいろな改善案を示したところに〝社長の濱田を更迭しろ〟という連判状が出た。竹葉会長が私に遠慮しながらその連判状を差し出した。内容を見ると〝新社長は社内改装をしたり、パソコンを設置したりした。無駄な経費をかけ過ぎである。〟理由はこの二つのみであった。これを書いた社員を呼んだ。

「パソコンの新設や社内美化、環境整備をしたことが、経費の無駄遣いというが、そもそも、これは経費でなく設備投資である。必要な設備投資は経営していく上で大事なことである。例えば、パソコンを設置することで、取引先の三越もこれを大変評価している。パソコンの設置や社内改装は、本来、年寄りの私が言うことでなく、若い皆さんたちが経営者に声高に叫ぶことではないのか」

「良く見ると、この連判状は竹葉会長宛になっているので、私は返事をする立場にない。そして、あなた方に言われて尻尾を巻いて逃げるわけにはいかない。私にはこの会社でもっとやることがある。それは、改革と営業推進である」

「私は、竹葉会長からの要請を受けてこちらに来た。私が、もし、辞めるとしたら、それはあなた方からの要請でなく、竹葉会長から〝辞めて欲しい〟と言われた時である。と言うわけで、私を辞めさせたいと考えるなら、まずは、会長を説得して下さい」

当然、竹葉会長は承諾することはあり得ない。なぜなら私を呼んだのは竹葉会長だからである。

あとで判ったことであるが、この一連の首謀者、煽動者が判明した。竹葉会長から経理担当の部長に降格させられた元副社長の速水であった。〝濱田を追い出せ〟の命令の元に、社外で主要な社員を集め策謀を練っていたのであった。

このことが判明したあと、竹葉会長は速水を退職させた。悪の根源を絶たないと改革が進まないと思ったようだった。

それから暫くして、連判状を提出してきた社員とその数人が、再び私の元に来た。

「これまでの、濱田社長に対する無礼をお許し願いたい。就任早々、いろいろな改革をしていただき、社長のやろうとしていることが良く判りました。ついては、お詫びの印に〝先の連判状を取り消す連判状〟を作成し、全員の印鑑を押してここにお持ちしました」

「それは、ご理解いただいてうれしいね。これからは若い社員と共にこの会社を良くするために頑張りましょう」

正直、ビックリした。最初の連判状を貰った（と言っても、宛名は竹葉会長）ときも驚いたが、二度目の〝先の連判状を取り消す連判状〟は最高にビックリした。

続けて、社員は、

「最初、この騒動が起きたころは、私たちは会社が潰れると思いました。潰れる前に、次の職場を探そうと、社員の皆は浮足立っていました。しかし、それは今になって間違っていることに気がつきました。これからも会社を良くするために、社長で居て下さい。

一生、社長でお願いします」

「一生はないでしょう。二期四年か、三期六年、社長を務めたら次の方に譲ります」

実際には、私の社長業は十六年続いた。後継者は社内で早々に若手を指名していたが、2008年秋に起きたリーマンショックで、当社も売上げが激減するという非常事態が発生した。その後継者は〝私は営業には自信がありますが、今の世界的金融危機が起きた環境のなかで経営をしていくには、私はまだ力不足〟として、私に社長を続投してほしい旨要請があった。私は迷ったが、事情が事情だけにやむを得ず続投することとした。

なお、先の、連判状事件であるが、もう十七年も前のことであり、これに関わった社員は定年退職や事業独立、または他社へのトラバーユで殆どが退職してしまった。残った社員はむしろ私の改革に賛成してくれたメンバーである。そして、この事件を今では殆ど知る人はいない。

社長としての最初の改革案

社長に就任してすぐに、上記のとおり、パソコン設置と社内環境の改善に取り組んだが、その他に、経理部門のパソコン化、社員給与の年俸制への変更、工場部門の外注化、タイムカードの厳正運用、小口支払いシステムの構築、女子トイレの設置等、分煙制度などいろいろなことに取り組んだ。また、社員全員との面接を実施した。

経理部門のパソコン化であるが、売上十億円以上ある会社で、給与計算を除いて、殆どが手作業処理であった。決算書も手書きであった。さすがの私もこれにはビックリした。早速、営業、経理、会計、決算等すべてのデーターを入力し、近時点での試算表が直ちにアウトプットされる体制を構築し、経営指標として生かすことを目指した。

まずは、ハード面ではデイスクトップを三台購入し、ソフトとしては建築会社に準じた処理システムが得意なＩＣＳを採用した。過去三年間のデーターをインプットすることやシステムを構築するための要員として、税理士を三名投入した。そのうち二名はインプット完了とともに半年の臨時採用を終了し、残った税理士を経理要員として引き続き、その処理に当たってもらった。最終的には二年経ってから一般採用したプロパーの経理要員を当てた。この経理システム投資にはハード購入、ＩＣＳへ初期投資、税理士採用人件費等二千万円の設備費、経費がかかった。しかし、これは必要な投資であった。

また、経理のコンピューター導入とは関係ないが、税金、電話代、光熱費等経理部門で支払う必要経費について、従来の小切手や現金払いから、全面的に自動引き落しへの変更を行なった。

社員給与の年俸制への変更は、付帯的な手当てを廃止し、基本給と見做し残業代の二本立てにした。給与が実質減額にならないように、過去の付帯的手当てを含んだ給与額を基本給とした。見做し残業代は、過去一年間の実績を基に個人別に月額を決めた。

これにより、残業をしてもしなくても見做し残業代は支払われるので、無駄な残業をしない仕組みに変えた。

工場部門であるが、例えば、デパートの催事や台場の国際展示場や幕張展示場などで行なわれる展示会の制作を担う部門である。定期的な木工作業が大量にあれば良いが、大工六人を有効活用できるほどの受注がなく、遊んでいることもあった。

このため、工場部門を、それを専業としている業者にアウトソーシングすることとした。本社とは別に出先工場を探していたG社という会社がみつかり、大工六人を移籍した。これまでの工場はG社所有のまま株式会社ベスト一階の工場を引き続き使用した。

タイムカードは出勤、退社の際、印字するものであるが、実際にはこれがルーズで、何日も記録されていない状態も見られた。残業代が見做し残業代になっても、居残りの実態は記録しなければならないので、これの厳正運用を促した。それほどに管理がいい加減なものであった。

小口支払いシステムの改善であるが、過去の小口経費の支払いはその都度、領収書を経理に提出するのみであったが、一か月まとめて請求書形式で請求させることとした。そこに領収書を添付させた。仕事で利用した交通費はスイカを利用させ、使い切った場合は利用明細を提出させた。これにより、経理部門の合理化となった。

この会社に来ていろいろあったが、もう一つ、驚いたことはトイレが男女共同であったことだ。男性は立ちションをしているときに、ブースには女性が入っている状態であった。女性は社内に少なかったが五名程度いた。私は、直ちに、フロア単位で男女を分け、シャワートイレに切り換えた。私自身、シャワートイレしか使えなかったからであるが、数少ない女性からは感謝された。女子トイレの設置は評判良かった。

これらの改革をそばで見ていただいた竹葉会長は七十五歳で、私を社長にと画策した嘉多普司さんは六十五歳で、共に病魔に犯されてこの世を去った。残念であった。

デパート三越との取引

株式会社ベストは来年で創立五十周年を迎える。私がこの会社に来たときは当社創立三十三年目であった。このベストの創業期は竹葉会長が最初に事業を起こし、三越の仕事を請け負ったのが、第一歩であった。大の三越が立ち上げたばかりの零細企業ベストに仕事を出すことすら奇跡に近かったが、竹葉会長の猛烈なアタックと徹夜を厭わぬ期限厳守の仕事ぶりに、三越が一定の評価を与えたのであった。

三越の最初の仕事は池袋店の開設の仕事であった。株式会社ベストが板橋区前野町に本社工場を置いたのは三越池袋店に近いからであった。

三越池袋店と取引を始めてからは、実績を買われて日本橋三越本店、新宿店、横浜店、千葉店、そして、サテライト店の恵比寿、多摩センターと次々に新規を取り込み、ベストの黄金期を迎えていた。今は、三越も店舗削減で廃店となった店も多いが、三十年近く前のデパートはどこも拡大路線で新規出店が目白押しであった。ベストもその恩恵に預かり、拡大路線を敷いていて社員が一時、パートを入れて五十名にも達していた。

創業者の竹葉会長は優れた経営者ではあったが、古いタイプの手法を使い、トップダウンでもって商売をしていた。そうなると当然のことながら、その中間層の部長クラスからは評判が悪かった。それは頭越しに三越社長やその他役員に対し、営業するわけだから、中間層からすればおもしろくない。そのころの株式会社ベストは不評の頂点にあった。

私も長い間、銀行で経験したので、この手法はまずいと心得ていた。つまり、三越経営陣には挨拶に行くが、仕事は直接の窓口にアプローチするというやり方が、普通のやり方である。私が社長就任の挨拶に伺ったとき、ある方にこう言われた。

「濱田さん、社名を変えられたら如何ですか？」

「どういう意味でしょうか？」

「株式会社ベストでなく、株式会社ワーストというのはどうでしょう。看板の仕事は三越本店に三社入っているが、一番対応の悪いのはベストだ。だから、株式会社ワーストが相応しい」

私は、口にはしなかったが、このとき、この言葉をバネに〝この悪評を必ず変えて見せる〟と誓った。

三越には、各店とも催事やフロアごとのメンテナスのために、当社から三越に実質的に派遣している担当者がいて、会社に出勤するというよりも、三越に出勤しているに近い社員が何名かいる。大きな工事が計画されているときも、店内案内の表示板の新設や改修が、それらの担当者との打合せから情報が入る。

日本橋三越本店の新館工事が始まったころであった。店内表示板の新設デザインについて、その専門の当社に第一稿を出して欲しい、と依頼があった。数カ月かけてデザインし、そのプレゼンテーションのため三越に伺った。私は、まだ、株式会社ベストに来て一年も経っていなかったが、大事な交渉でもあるので、素人社長ではあるが、そのプレゼンに参加した。そして、三越側の結論は、

「この程度のデザインしか出来ないのか。これでは採用不可だ。やむを得ないので、同業三～四社のコンペに切り換える」

私は大人しく聞いていたが、この案件は数年に一度の大口案件で、当社にとっては超大事なプロジェクトである。これを逃したらベストの名が廃れるし、収益的にも大きな痛手である。私は黙っていられなかった。

「待って下さい。気に入らないということでしたら、至急、再検討しますので、今しばらくお時間をいただけないでしょうか？」

「う～ん、どれくらいの日数が必要というのか！」

「一週間下さい。必ず、満足のいくものを再作成しますから……」

必死であった。まるで〝松の廊下〟であった。うしろから両腕をつかみ上げ、〝殿、ここは殿中でござる。今暫くお待ちを〟という心境であった。一週間、猶予を下さい、と言ったが、思いつきで言ったまでで、その時間内で出来る勝算はなかった。

「分かりました。それではあと一回、チャンスを差し上げましょう」

新任間もない私の発言に三越側もビックリしたが、もっと、ビックリしたのは当社の社員であった。〝素人社長が良く言うわ！〟と思ったのだろう。そして、一週間経って再度プレゼンが行われた。当社のデザイン室は一週間、徹夜を重ねて知力を振り絞った力作を提示した。結果は合格であった。綱渡りで冷や汗をかいたが、作戦は成功した。

銀座三越の改修・増築工事が迫っていた。売り場が大幅に変更となるので、入口の店内案内、エレベーターやエスカレーターの周りの表示板等、すべてが変更となる。これも超大口案件であった。今回は内装監理室（内監）から、

「看板デザインはベスト一社でなく四社のコンペとする」

またか！〝それはダメだ〟と言うわけにはいかず、やむなく従うことにした。そして、四社のデザインのプレゼンが行なわれ、後日、回答があった。ベストは四社中、三番目、ということで、コンペに落ちてしまった。私は、三越内監を訪ねた。

「どういう基準で当社が三番目になったのでしょうか？」

「四社のデザインを並べて、銀座三越の内監スタッフが検討し〝解りやすさ〟を中心にした評価ではA社のデザインが一番良かったので、それに決めました」

「こんな大事なことを現場のスタッフのみで決めて良いものでしょうか。世界に冠た

る銀座のデパートで、そんな安易な決め方でよろしいのですか。そうでなく、銀座に相応しいデザインかどうか、とする観点から、デザインの専門家に評定をして貰って下さい。そうでないと、わが社としては納得できません。やり直して下さい！」

業者としての私の発言は行き過ぎであったかも知れないが、そんな安直な決め方は、のちに禍根を残すと考えて、勇気を振り絞って発言した。

後日、呼び出しがあった。

「専門家の評定により、ベストが第一位になりました。デザインは貴社にお願いします。但し、デザインが決まったあとの看板製作は再度コンペとなりますのでご了承下さい」

「了解しました。ありがとうございます」

〝デザインを取る〟ということは、当然のことながら、製作はデザイン会社が有利に働くことは素人の私にも分かっていた。結果はそのとおりとなった。工事が遅延し開店日が切迫している状態から、コンペ実施は時間的に間に合わなかった。必然的に工事は当社に回ってきた。これも、作戦どおりとなった。メデタシ、メデタシ。

三越業者のM＆A実施

M＆A＊の話である。日本橋三越には三社の看板業者が入っていた。三越としては業者がもし倒産するようなことがあれば問題なので、そのリスクを避けるために複数の業者を入れたり、競合させたりすることは通常のことであった。

＊M＆A…企業の合併（merger）と買収（acquisition）。

その一社にS社があった。昔は大規模な仕事を請け負っていたが、段々、縮小し赤字経営に転落していた。これは帝国データーバンクで調査すれば判ることであった。

私は、その社長と交渉を開始した。

「営業権と従業員をセットにしてベストが引き受けても良いが、如何か?」

最初は、まだ、未練があったが、将来の展望が開けない状態という認識も持っていた。そして、三越を間に入れて調整を図ることとした。S社社長も高齢になっていたので、リタイアすることに未練はないようであった。一年ほどかかったが、円満に吸収合併を実現することができた。

銀座三越にはY社という看板業者が入っていた。社長は当時七十五歳と高齢で病も得ており、経営意欲が減退していた。Y社長は従業員に対し、この事業を引き継ぐ者を探したが、社員も経営能力の不足を感じその話には乗れなかった。

その情報を得た私は、三越とY社長との三社で交渉を開始した。先のS社方式で吸収合併を申し出たが、Y社長は営業権と従業員の引き受けだけでは満足せず、買収資金の請求があった。事務所はマンションの二部屋であったが、このマンション購入費という名目で数千万円を支払い、これも円満買収が成功した。

三越が赤字店の閉鎖を進めていく中で、ベストの仕事も徐々に縮小していった。そんな状態にあって、大店舗の銀座三越の仕事を得るということは大きな収穫であった。

M＆Aは三越以外で、あと2件実施した。一つは商華堂であり、二つ目は株式会社スティングであった。全部が上手く行くとは限らない。四件行なったM＆Aの買収成績は三勝一敗であった。

ディスプレイ健保の訴訟争い

２００１年１１月株式会社ベスト社長に就任したとき、前社長の竹葉会長から、「私は東京屋外広告ディスプレイ健保（ディスプレイ健保）の理事をしているが、これも退任するので、濱田さん！後任を引き受けてくれませんか？」

「それでは来年の改選の時期に交代しましょう」

２００２年５月にディスプレイ健保の選定理事として就任し、最初の理事会で私は、〝財政改善委員会委員長〟に任命された。元銀行員だから財政改善に適任ということであった。健保の形態としては次の三つがある。

① 大会社は社内に単独で健保を持つ。

② 中小企業は業態ごとに健保を持つ。

③ 業態でまとまらない場合や零細企業は協会健保（全国健康保険協会）に加入する。

ディスプレイ健保は、右記②の業態ごとの健保で、具体的には屋外広告業、ディスプレイ業、造園業、イベント業、舞台装置業などで組織されており、社数で千二百社、被保険者約五万人で構成されていた。

財政改善委員会委員長になって判ったことであるが、このディスプレイ健保は十年間で約三十億円、年間にして三億円の赤字を出していた。その三億円の内、二億四千万円は保養所の赤字であった。

私は社員が保険料として支払っている項目の内、健保職員の給与、賞与、退職金にスポットを当てて調査して驚いた。給与、賞与、退職金のすべてが、我社（一般会社）の一・五〜二倍が支払われており、退職金に至っては四〜五倍支払われていた。昔から在籍する官僚出身の健保常務理事に聞いた。

「何故、こんなに給与、賞与、退職金が高いのか。この原資は、我々の保険料で支払われており、被保険者並の金額なら分かるが、理解できないほど高額になっている」

「健保職員は東京都庁職員並みの給料等が基準になっているので、結果として現状の金額となっている」

「東京都庁職員でないのに、どうして並びとするのか」

「長い歴史の中でそのように決められている」
「東京都庁職員の給料は税金で支払われており、基準があって金額が決められているものと推察されるが、ディスプレイ健保の職員給与等は、言ってみれば我々の保険料で支払われている。雇い主より雇われている人の給料の方が高いというのはどういうことか」

退職金も調べた。例えば現在四十歳の健保課長が、このまま継続勤務して六十歳の定年を迎えた時の退職金は四千万円以上であった。私の会社（一般の中小企業）で言えば、このケースでは一千万円程度である。これよりもっと低い水準の会社もあるし、退職金を出せない零細企業も数多くある。どう考えても高額過ぎる水準であった。

給与、賞与について、直ちに引き下げることは困難であった。生活水準の低下をもたらすからである。訴訟に耐えうる覚悟でやればできないことはないが、理事たちや事務局幹部の同意を得られるかどうかは不明であった。

やむを得ないので退職金の減額を提案した。先の例である退職金を四千万円以上から三千万円中程まで減額しようということである。それでもまだ多いが仕方がない。理事会では紆余曲折はあったが、一年程度かけて審議し、それを実現した。

しかし、これだけだと年間赤字三億円は改善されないので、保養所の年間赤字額二億四千万円を議題に取り上げることとした。

保養所は福利厚生の観点から、赤字は当然視されて良いものではあるが、それは限度というものがある。年間赤字三億円の内、二〜三割程度の保養所赤字であれば許容範囲であるが、年間赤字の八割が保養所に起因しているのは大いに問題のあることであった。

この改善のため、保養所を管理運営しているS社に申し出た。

「保養所赤字の改善のため、来年度から運営会社をコンペで決めさせていただきたい」

「これまで十年間、賄いを含め管理運営に携わってきたわが社をどうして変えなければならないのか」

「これまでの運営には感謝しているが、年間赤字の八割が保養所に起因しているので、これを改善しない限り、被保険者が支払う健康保険料の値上げになってしまう。そうならないうちに、早めに保養所赤字の減額に取り組みたいので、ご協力をお願いしたい。

コンペには貴社もご参加いただき公平な評価で検討させていただきます」
「当社が保養所を継続して管理運営するのは、前理事長との約束ごとである。新米のあなた方理事たちが口を出す問題ではない。どうしても出てゆけ、というなら保養所を占拠する。鍵は全部わが社が持っているので、そうさせてもらう」

正直言ってビックリした。健保と業者の立場で、委託する側よりも受託する側の方が力を持っていることを、初めて知らされた。保養所は占拠され閉鎖せざるを得なくなり、一般の被保険者が保養所を使用できなくなってしまった。

やむを得ず〝占拠された保養所の明け渡し訴訟〟(明け渡し訴訟)を起こすこととなった。その裁判は二年かかったが、当然のことながら我々健保側が勝訴し、利用できなかったために生じた損害賠償金四千八百万円を得て、保養所は再開された。

しかし、事はこれで終わりではなかった。明け渡し訴訟に敗訴したS社はその腹いせにK理事長、H理事、そして私(理事財政改善委員長)に個人攻撃を仕掛けてきた。

業種が異なるにも関わらず、S社の子会社を当ディスプレイ健保に参加させ、理事に就任し、健保の内部資料を持ち出し、それらを証拠品として、個人に対するでっち上げ訴訟を何件も起こしてきた。それも、一件、数億円の損害賠償金を請求して、その総額は私個人だけでも、五件、約十億円に達していた。いわんや、K理事長にはその倍の約十件、数十億円の訴訟に発展していた。

その訴訟はK理事長、H理事、そして私だけでなく、三十二名の理事全体にまで及び、健保の運営よりも、その訴訟対応に翻弄される毎日であった。理事たちはそれぞれ会社を経営する社長や会長であり、本業を抱えながらの対応に辟易する者も出てきた。

その内、H理事はこの件で睡眠がとれなくなり、心の病気になりアルコールが手離せなくなって、遂に、帰らぬ人になってしまった。K理事長もストレスで胃ガンになり、私も、先に記したようにサルコイドーシスという難病に罹ってしまった。

これらの病気と訴訟との因果関係は明確ではないにしても、加齢もあり、快復には相当の時間がかかり、K理事長とともに、今でも、後遺症に悩まされている。

この訴訟には十年間かかった。我々は基本的に個人的利益を求めるものでなく、健保という準公務的な機関のために、報酬を受けることもなくボランティアで、時間を割いて取り組んできたことを、地裁、高裁、最高裁は理解してくれた。そして、全ての訴訟に勝訴したのであった。

人を見る目がない

ディスプレイ健保の訴訟争いで、私の失敗は〝人を見る目がない〟ということであった。そのことを、今もって後悔している。

東京ディスプレイ協会は東西南北の四団体に分かれていて、株式会社ベストは豊島区、板橋区等、東京の北部に位置していたので、協会の北支部に属しており、私が株式会社ベストに入社とほぼ同時に協会北支部理事に就任した。理事の中から支部長や会計など役員が決められるが、私はG支部長の女房役で副支部長に選ばれた。

東京ディスプレイ協会に所属する企業は、グループのディスプレイ健保に入るのを通常としており、中心となるメンバーは協会と健保の役員を兼ねていることが多かった。

私も北支部の副支部長と健保の理事を兼任しており、先に記したように、健保では財政改善委員会委員長に指名されて、赤字からの脱出に取り組むこととなっていた。

その時に、Ｇ北支部長は私の応援団として、

「古い体質の健保理事長を代えなければ財政改善はできない。改善委員長の濱田さんのために何か、手助けをしたいが何ができますか」

「ありがとうございます。支部長のＧさんにそう言っていただくと、副支部長の私としては勇気百倍です」

「先ずは、高齢で古い体質の健保理事長に退陣をお願いする〝嘆願書〟をディスプレイ協会の理事会に提出しましょう。濱田さんはその文案を作成して下さい」

「分かりました」

これらの経緯はいろいろあったが、約一年ほどかけて健保旧理事長の退任と新理事長の就任が達成できた。東京ディスプレイ協会のＫ新理事長は経営に哲学をもった素晴らしい方で、次々に新機軸を打ち出し私の担当する財政改善の仕事も順調に進んでいた。

しかし、旧理事長と手を組んでいた健保保養所の管理・運営会社Ｓ社は、このことに対し猛烈な抵抗を示し、前述のような裁判に発展していった。

この時に、Ｇ北支部長は、

「健保の闘いも本格的になってきたので、私自身、健保問題の勉強をしたいので、濱田さんの持っている健保資料を全部見せていただけませんか」

「分かりました」

それから数日経って、Ｇ支部長の会社を訪問し、健保資料を渡した。

「この資料は一週間程度でお返し下さい」

「分かりました。ところで、ここにいる当社顧問のＲを紹介します。今、保養所占拠問題でトラブッている現状を打開してくれる人です」

Ｒ顧問は小柄な紳士に見えた。トラブルをどのように解決するのであろうかと不思議に思った。あとで、Ｇ支部長に聞くと〝彼は売上金の未払先について回収を促進する取立屋〟とのこと。何か、不吉な予感がした。

彼は占拠されていた保養所を取り戻すべく行動を開始した。しかし、Ｋ新理事長はそれを断り、正々堂々と正面から裁判で闘い決着を付けたいと申し渡したが、目的が金銭的なものにあるだけに、手を引こうとしない。

しかし、その内、Ｋ新理事長や私たちから金が出ないと分かった時点で、訴訟の相手側に鞍替えし、逆に私たちを徹底して攻めてきた。闘争相手のＳ社はＲ顧問に多額の金銭を渡したことは裁判でも明らかにされた。

その上、私が勉強のためＧ支部長に渡した資料がコピーされ、Ｓ社はがその資料をもとに裁判を有利に闘ってきた。ここで、仲良くしていたＧ北支部長も敵に回り、私たちのグループから離脱した。

「濱田さんは紛争相手のＳ社をもっと攻撃するように言った、Ｒ顧問とも頻繁にあって策謀を巡らしていた」

などと、ビックリするようなフェイク発言をディスプレイ協会や健保理事会、裁判で出した。かつて、蜜月時代の女房役である私を、どういう理由か不明であるが、徹底して攻撃してきた。実際には策謀などしていないが、裁判ではこれがかなり不利に働いた。東京地方裁判所で行なわれた一つの裁判では、

「濱田は黒ではないが、グレーに近い」

などと認定された。しかし、そのあとの高等裁判所では、それが全面的に覆えされ、

私の正しさが証明された。

この裁判に負けると億単位の賠償金支払いを課せられることになっており、健保という公共的なボランティア業務も大変なリスクを背負うものだと、つくづく思った。

同業の社長で、北支部長とその配下の顧問は完全に私を裏切った。何故、そうなったかは今もって分からない。しかし、ここが私の欠点であり、〝人を見る目がない〟、そして、〝脇が甘い〟ということになるのであろう。

〝人を見たらどろぼうと思え〟ということばがある。私の育った興銀時代は〝人を見たら善人と思え〟と教えていた。そんなにズバリ言ったわけではないが、精神的にはそのような指導を受けた。そういう育ち方をしていたので、北支部長もその顧問も、最初から無条件、且つ全面的に信頼してしまった。

夏目漱石の〝こころ〟でいう〝私だけは裏切らない〟という精神だけで、世の中暮らしてゆくには厳しいものがあることを肌で感じた健保活動であった。

第五章　音楽との出会い

私の高校、堺商は教科に音楽がなく、クラブ活動でも音楽部などなく数人が集まって二重唱などを楽しむ程度で、いわゆるコーラス部なるものはなかった。幼いころから、何となくクラシックが好きだった私は、この程度の音楽活動では満足できないと思い、高校時代は殆ど音楽と接する機会を失っていた。

就職が決まった興銀には絵画、書道、写真など文化的なサークルがあり、スポーツでも野球部やテニス、バレーボールなど、当時、半ドンの土曜日、そして、日曜日には阪急沿線の逆瀬川という独身寮のあるグランドで、それぞれ趣味・特技を生かしてクラブ活動を楽しんでいた。

その中に、音楽関係では〝興銀大阪支店コーラス部〟があり、東京では産業界でトップクラスの〝興銀合唱団〟があった。職場以外の若い時代には〝労音合唱団〟があり、壮年時代はビールを飲みながらドイツの歌をドイツ語で歌う会の〝東京ケラーサロン〟を立ち上げ、熟年時代に入って〝アイビーメンネルコール〟（ＩＢＭＣ）の代表になった。

ここでは、そうした音楽との出会いを思い出してみよう。

興銀大阪支店コーラス部

私が興銀に入行した年にコーラス部が創設された。別に、私が音楽が好きだからコーラス部ができたわけでもないが、偶然とはいえ入行と同時に創設されたコーラス部を、とてもありがたく感じた。趣味の世界ではあるが、水を得た魚のように、仕事を離れた時間はそのことに全力投入した。

創設して三年ほど経った時期に、朝日新聞社主催の合唱コンクールに参加した。このコンクールは全国規模で、大阪で優勝すれば全国大会に出場でき、当時、日本の合唱界で三年連続日本一に輝いていた興銀本店合唱団と競演することができた。

しかし、歴史がなく、また、大阪支店の行員の半分がコーラス部という中レベルの合唱団ではとても優勝などとは縁遠い存在であった。興銀大阪支店コーラス部は、大阪大会では出場二十団体のなかで七位の結果に終わった。自由曲はオルランド・ディ・ラッソの〝マトナの君よ〟である。

当時の審査員にイタリア出身の音楽家がいて、他の審査員と違って、この審査員は、第三位の評価を与えてくれた。ラッソは五百年前のイタリア人の作曲家でもあったので、本場イタリアの審査員が三位として評価してくれたことに、大いに気をよくし、打ち上げ会の席ではラッソの名入り大ケーキを注文し、五十人の合唱団員で大いに盛り上がった。

大阪大会は、常勝団体である〝大和銀行〟の優勝で終わった。当然のことながら、興銀大阪支店コーラス部は全国大会には行けなかったが、最初の挑戦としてはまずまずの成績で、団員は大いに満足した。

大阪労音堺合唱団

興銀大阪支店合唱団の練習は週に一回程度で、少しもの足りない私は、外部の音楽サークル、大阪労音堺合唱団にも入った。堺の市役所の地下室で、当時、堺市立三国ヶ丘中学校の音楽教師であった上野経一先生が指揮をしており、メンバー二十人の平均年齢は二十五歳くらいの若い集団であった。

私は、これを機に労音活動にものめり込んだ。労音とは政治的には社会党や当時の民社党などをバックにした勤労者音楽協議会という音楽団体である。ジャンルにはクラシックとポピュラーの二つがあって、会員になればどちらにも参加できる仕組みであった。私は殆どクラシック部門の音楽会に参加していた。月に一度のコンサートを聴くだけではなく、また、当時、大阪労音堺合唱団の代表をしていたことから、労音スタッフとして音楽づくりに参加することとなった。

昭和三十七年、堺合唱団の第一回コンサートが榎小学校の講堂で行なわれた。プログラムは三好達治作詩、清瀬保二作曲の合唱組曲〝冬のもてこし春だから〟という曲で〝冬が持って来た春だから、大いに春を謳歌しましょう〟といった内容で、美しい曲であった。

妻との出会い

このコンサートのために団員増強運動をやって入団してきたのが、現在の妻〝紀子〟であった。指揮者上野経一先生の中学時代の生徒で妹の〝池田栖子《せいこ》〟と二人セットで入団してきた。共にソプラノで良い声をしていた。また、二人とも（昔のことであるが）美人姉妹だった。今は見る影もないが、のちに妻になったこともあり、ここではあまり褒めることは遠慮しよう。

上野経一先生の所属する三国ヶ丘中学校は、当時、ＮＨＫ合唱コンクール中学校の部で三年連続日本一の栄冠に輝き、全国的に有名な中学校であった。その上野先生が指揮する合唱団の大阪労音堺合唱団であったから、割合、良い人材が集まっていたので、コンサートでも、当時としてはハイレベルな演奏ができた。

また、その八年後、上野先生は私が紀子と結婚するときの媒酌人を努めてくれた。団員がワーグナーのオペラ、ローエングリンから〝婚礼の合唱〟を歌ってくれるなかで入場し、二時間ばかり音楽で満たされた披露宴を楽しんだ。

この上野先生は百歳まで合唱団の指揮を努め、百二歳で亡くなった。世の中の指揮者は概して長命が多いが、まずは、楽譜を読みこなす力と、指揮が徒手体操効果で認知症になる確率が低い、ということであろうか。東京音楽大学で〝淡谷のり子〟と同級生だったというのが自慢の人でもあった。

〝冬のもてこし春だから〟の演奏では紀子は、この詩の朗読を担当した。中学校時代から元ＮＨＫ泉田行雄が主催する劇団〝ともだち劇場〟に入っており、標準語を習っていたので、大阪弁でない朗読が自然にできた。

大阪でのコンサート

堺合唱団の第一回コンサートはこの組曲のほかに〝世界の民謡〟と題して、ヨーロッパ、アメリカなどの民謡を十曲ばかりメドレーで歌い、その曲間に、妹池田栖子のナレーションを入れた。池田栖子の方がどちらかと言えばともだち劇場に長く居た関係で、労音主催のミュージカルや映画の子役で出演しており、舞台は慣れたものであった。私は素人であるが、この時のナレーションの原稿を作成した。二十歳過ぎの今では考えられない若気の至りであったが、楽しい思い出でもある。

東京ではアマチュアがベートーヴェンの第九を昭和二十九年に初めて歌った、と聞いているが、大阪では大阪労音が昭和三十八年に初めて第九をアマチュアが歌っている。私はその時の労音幹部でもあったので、三つの労音関連合唱団を一つに組織化して、その演奏を押し進めた。大阪のフェスティバルホールのこけら落としにこの第九を歌った。そのころは年末に歌う風習がなく、四月から練習を始め、十カ月かけて翌年二月に歌った。私はこの歳（現在七十七歳）になるまで第九をかなり歌ってきたが、どこの第九合唱団に入っても第九を歌った古参者としてはNo.１であった。何しろ、第九を歌って五十五年なのである。

大阪での最後の演奏会は、イギリスの作曲家ベンジャミン・ブリテンの〝戦争レクイエム〟であった。この曲は規模が大きいので、今日でも日本では数年に一度しか演奏されない大曲であるが、これを昭和四十年に大阪労音が取り上げた。ラテン語のレクイエムにイギリス詩人オーエンの戦争の悲劇を歌いこむ詩（英語版）とが、混ざり合った曲であった。

ベンジャミン・ブリテンは１９６７年12月４日に六十三歳で亡くなっているが、私が歌ったころはまだ五十歳過ぎのバリバリ作曲家であったので、演奏するに当たって、ご本人にメッセージ寄稿をお願いし、エアメールでその返事をいただいた。そして、プログラムにそのメッセージが掲載された。今では、そのメッセージは〝お宝〟ではないかと自負している。

興銀合唱団

私は二十三歳のとき、大阪から東京本店へ転勤になった。仕事のことよりも、憧れの興銀合唱団に入団できることの方がうれしかった。そのころの興銀合唱団は昭和三十三年から三年連続で、朝日新聞主催の合唱コンクール全国大会に優勝していた名門であった。私が昭和四十年に転勤になった年も、岡山での全国大会に優勝し、そのころは〝常勝興銀〟の名を欲しいままにしていた。

これだけの実績を挙げ得たのは、指揮者の佐々金治《さっさきんじ》先生の功績であった。佐々先生も長命で九十七歳まで生き、直前まで興銀系ＯＧの女声合唱団指揮を努めていた。

全国大会に優勝した記録を辿ってみると、昭和三十三年からの二十年間に十二回優勝し、連続優勝で招待演奏を依頼された二回を含めると、全国大会金賞出場は十四回を数える。職場の合唱団でこれだけの実績をもつところは他になかった。

練習は週に一回であったが、その他に、毎日、銀行の地下室や屋上で、昼食後の三十分、ソプラノ、アルト、テノール、バス別に、場所を指定してパート練習をしていた。また、練習日の当日は連絡網を通じて、徹底した出席確認を行ない、出席記録を保存して、来るべき合唱コンクールの出場枠に入るかどうかチェックしていた。歌う実力は評価されるが、それに加えて出席の善し悪しがコンクールに出場できるかどうかの〝鍵〟を握っていた。これを見ていた部外者は興銀合唱団のことを〝新興宗教並みだな〟と冷やかしていた。そうでもしないと、東京都合唱コンクールで優勝し、全国大会に出場して、また優勝するなどできるわけはなかった。

私の場合は転勤を九回行なっているので、東京以外の地方に赴任した場合は興銀合唱団で歌うことはできなかったが、本店に帰ると、必ず、興銀合唱団に戻った。そういう意味で、全部の行事に出席したわけではないが、コンクール出場の他に、リサイタルを三十二回、テレビ出演七回、N響との共演（昭和五十二年：モーツァルトレクイエム）昭和天皇御在位五十周年記念式典（昭和五十一年：日本武道館：越天楽）、中国演奏旅行（昭和六十三年：中国銀行招待：北京中国劇院）などに出演した。

エピソードになるが、今から四十八年前、二十八歳のころ、興銀合唱団の幹事の一つ〝楽事〟を引き受けたことがあった。楽事はコンクールやリサイタルの演奏曲目を選定する等音楽的な仕事で、当時、興銀合唱団の愛唱曲集を創るための選曲も行っていた。その中に、湯山昭の〝夏の嵐〟という一曲があった。

その年の夏に長女が生まれたが、生まれるその夜は突風吹きすさぶ大嵐だったので、〝夏の嵐〟のイメージから夏子、転じて〝奈津子〟と命名した。そのことをまったく知らない奈津子が、高校生のとき、所属するコーラス部の幹事として、この曲を選曲し、我が家のピアノで練習していたので、私はビックリして、

「その曲は奈津ちゃんの曲だよ」

と言い、奈津子の名前の由来を説明した。これには本人もビックリ仰天、偶然とはいえ自分の名前の曲を自ら選んだのはたいしたもんだ、と思ってしまった。

その奈津子は、その後興銀リースに入社し、興銀合唱団で私と一緒にサントリーホールでモーツァルトのレクイエムを歌った。そして、皆からから冷やかされた。

「親子で興銀ステージに上がったのは濱田さんが初めてだ」

東京ケラーサロン

ビールを飲みながらドイツの歌をドイツ語で歌うという趣旨の会、東京ケラーサロン

を創ってから、もう二十二年になる。大阪でスタートしたケラーサロン*だが、メンバーの東京転勤を機に、ケラー東京支部を私が立ち上げた。そして、２０１６年に二十周年の記念パーティを開くまでになった。

＊ケラーサロン…ケラー（Keller）とは、ドイツのワイン用語で、ワインを保管する地下蔵を意味する言葉、転じて、地下のワイン居酒屋のこと。

単身赴任で大阪にいた１９９１年、私はビールと歌が好きということもあり、梅田新町の同和火災ビル地下のビアホール〝アサヒビアケラー〟に良く出かけた。赴任当初のある夏の夕刻、いつものように、そのビアホールに飲みに行ったが、結構混んでいて
「相席でもいいですか」

と店員に言われて座った。その相席に、運良く中川一刀《なかがわかずわき》さんという方と出会った。初めはお互いに名乗らなかっが、私が歌手に合わせて、ビアソングを楽しそうに歌ったため、名刺をくれて、

「ケラーサロンというドイツのサークルがあるが、一度、来てみませんか？」

と誘われた。その名刺には〝大阪大学医学部教授、ドイツハイデルベルク大学客員教

授〟とあった。聞くところによると中川一刀さんは椎間板ヘルニアの権威で、全国から阪大医学部の中川さんを訪ねて手術に来るそうだ。

それから、月に一度の大阪ケラーサロン例会に通い始めた。


当初、入会資格審査があるとは知らなかったが、半年程経ったある日、

「浜田さんは成績優秀につき合格」

つまり、真面目に出席したことと、歌をしっかり歌っていたこと、そして、人品骨柄（じんぴんこつがら……中川一刀さんの口癖）の良さが認知された、と言うことで正式なケラーメンバーにしてもらった。

三年ほど、大阪ケラーサロン（大阪では、単にケラーサロンという呼び名）で楽しみ、飲み友達も増えて、楽しい単身赴任を送っていたが、ある日、〝東京に戻れ〟との辞令が下りた。


東京ケラーサロンは、最初、六本木の〝ドナウ〟という店で、大阪帰りの四～五名がビールを飲みながら、店主の小林さん（物故）のアコーディオンに合わせてケラーソン

グ（ビアソング、ドイツ民謡、学生歌）を歌っていた。

幹事を引き受けるのが好きな（？）私は、１９９６年秋から東京ケラーサロンの代表となり、例会場所はドナウから虎ノ門バイ・ルーディに移った。そして、最終的には現在のサッポロビール〝銀座ライオン七丁目店〟に定着した。現時点で東京ケラーサロンは満年齢二十二歳になった。

例会を楽しむ

東京ケラーサロンメンバーは、ビールとドイツの国とドイツの歌が大好きメンバーだが、詳細を記すと、男性十二名、女性八名、計二十名。夫婦は四組八人、独身者二名、ドイツ語の会話ができる人は若干。ピアノ等、楽器演奏できる人は六名、指揮者、クラシック、カンツォーネ等、音楽専門家は三人、コーラス経験者は十名、そして、ドイツ旅行経験者は全員だ。悩みは最近の傾向を反映して平均年齢が七十三歳にもなることだ。

しかし、東京ケラーサロンは単なる飲み会でなく、基本的にはビールとドイツが好きで、老後の人生観を共有しながら楽しんでおり、人柄の良い方や友情あふれる仲間の集まりである。

例会のスタートはアイン・プロージット[*1]を歌い、そして、欠席者情報、ゲストの自己紹介スピーチ、歓談のあと、歌唱指導や、小さな抽斗《ひきだし》（十五分程度の短編講演）、そのあとは、例会月生まれの祝い歌であるハッピバースデイ[*2]、ホッホ ゾレ レーベン[*3]を歌う。時には、会員によるミニコンサート、更にはケラー ソングのオンパレード、最後はゾアイン タークで[*4]解散する。例会の平均出席人数は最近ではゲストを含め約二十名である。

＊1 アイン・プロージット Ein prosit…乾杯
＊2 ハッピバースデイ Happy birthday to you…お誕生日を幸せに
＊3 ホッホ ゾレ レーベン Hoch soll er leben…充実した人生を
＊4 ゾ アイン ターク So ein Tag, so wunderschon wie heute…今日の良き日

〟小さな抽斗〟は五年ほど前から行なっている会員持ち回りのミニ講演である。指名されたメンバーがテーマを考え、持ち時間十五分でおしゃべりする。例えば、これまでのテーマは、

「ドイツの話と弾き語り」
「私と音楽」

「ちょっと深読み、源氏物語」
「日本の音楽教育の夜明け」
「スラムの子供たち支援」

など、ドイツの話に拘らない、人生経験の一端が披露される。メンバーには多少の負担があるが、日頃、考えていること、趣味の世界、ボランティア紹介等、頭の中の抽斗から少しだけ取り出してミニ講演をしてもらう趣向だ。

その他、日をかえてシュタムティッシュ*1や国内旅行、*2海外旅行*3に行ったりしているが、寄る年波には勝てず、最近はこれらの行事が少なくなっている。

＊1　シュタムティッシュ…Stammtisch、決まったお店での仲間の常連席という意味。東京ケラーでは常連席ではなく、都内のドイツレストラン巡り、イベント参加、ミニ・コンサートなどを行っている。

＊2　国内旅行…これまで、下記のような旅行を企画した。
越後湯沢高原アルプの里・野外コンサート
蓼科のホテル・ハイジのヨーデルコンサート
河口湖レストランシルバンズ…飛び入りでケラーソングを歌う
徳島・鳴門のバルトの楽園ロケ地見学…ケラー十周年記念旅行

京都大文字送り火ツアー…京都出身の岡義剛夫妻企画
東京湾巡りクルーズ・ヴァンテアン…ヨーデル歌手の北川桜演奏　などした。
国内ドイツ村…東京ドイツ村（千葉）、群馬ドイツ村、鳴門のドイツ館、
沖縄・宮古島のドイツ村等

＊3　海外旅行
ドイツ・オーストリア旅行。第一回は２０００年、第二回が２００３年

アイビーメンネルコール

日本興業銀行がみずほ銀行になったとき、文化活動の面でも暫くは〝みずほ合唱団〟として富士銀行、第一勧銀と共に〝第九〟演奏など行ったことがあるが、多くは退団してフリーになった段階で、元興銀合唱団の男声を集めて歌おう、という気運が盛り上がり、２００９年1月24日に興銀系の男声合唱団が創設された。

当初、名称を〝男声合唱を楽しむ会〟でスタートしたが、選曲が本格的になるに従い、また、コンサートを行いたいとする意見もあって、合唱団名を〝アイビーメンネルコール〟（略称：ＩＢＭＣ）に変更した。アイビーは元興銀の英文略称ＩＢＪ＊からとり、メ

ンネルは男声、コールはコーラスという意味をもって、この名を付けた。

＊ＩＢＪ…The Industrial Bank of Japan　日本興業銀行

最初は少ない人数でのスタートだったが、今では十八名（不定期メンバーを含む）の団員となり、月2回練習している。練習場所は団員のマンション（濱田）、指揮者は団員出身（井上賢）、ピアニストは団員奥様（栗田雅子）と、手作り、ボランティア、入会金なし、月会費なし、会則なしで運営している珍しい合唱団だ。最近では興銀合唱団出身でない方のメンバーも増えてきている。

定期的メンバーの団員構成はトップテノール五名、セカンドテノール三名、バリトン三名、バス四名、実質ベースで、十五名となっている。団員の平均年齢は七十歳、最高年齢は八十八歳の米寿、若手トップは四十五歳で、この二人は孫に近い開きがあるが、歌に年齢差を感じさせない。

コンサートは約二年に一回のペースで、既に四回開いた。このコンサート、他の音楽会と異なる点は、第二部において〝冷や汗（幸せ）ステージ〟が、毎回あることである。

このステージは団員ソロや小編成のコーラス等を六組ほど、演奏するのであるが、お客様にはすこぶる評判が良い。結構な水準で団員ソロを披露するからである。

歌っている間は〝冷や汗〟ものであるが、歌い終わったら〝幸せ〟を感じるステージという意味で〝冷や汗（幸せ）ステージ〟なのである。

この第二部の司会役は、ＩＢＭＣ代表ということもあって、毎回、私が務めている。団員のエピソードを織りまぜて、楽しい雰囲気に持っていくことを考えて司会をしている。

オペラ、余った一枚のチケット

この章は〝音楽との出会い〟をテーマにしているので、ひとつ、おもしろい話をしよう。

私たち夫婦は２０１６年8月5日、ベッリーニ作曲〝カプレーティ家とモンテッキ家〟というオペラのチケットを二枚手に入れた。このオペラは国内で有名な演出家岩田達宗氏の演出で、大劇場向きのオケ付オペラでなく、ピアノ伴奏の小劇場オペラという触込みであった。当日を楽しみにしていたが、急に、妻が、

「風邪で熱があり咳がとまらないので、オペラに行けない」

と言い出した。もともと私の風邪が移ったものであることは、その症状ではっきりしていたので、妻に〝心がけが悪い！〟などと、叱るわけにもいかず、一人で出かけることとした。しかし、チケット一枚分が勿体ないので、もし、窓口で当日券を買いそうな人がいれば差し上げようと思い、二枚とも持参して新宿区の牛込箪笥区民ホールに出かけた。

牛込箪笥区民ホールは二階にあり、早めに着いた私は、一階の玄関口で携帯電話で話をしている見知らぬ男性を目にした。そばを通ったので自然に話の内容が聞こえてきた。

「今日は満員で当日券も売り切れてないんだって！」

というやりとりであった。携帯電話が終わるのを待ちかねて私は、

「ちょっと耳にしましたが、私のチケット一枚余っているので、よろしければこれを差し上げますよ」

と差し出すと、ビックリした様子で、

「エッ！　よろしいのですか？」

「私の妻が急に風邪をひきましてね、一枚余っているんですよ」

少し、躊躇した様子で、再び、

「本当によろしいのでしょうか？」

「私にとっても捨てるのは惜しいと思い、ここに持参したので貰っていただけるとうれしいです」

「それでは、代金五千円をお支払いします」

「いえ、お金はいりません」

「それでは、せめて二～三千円でも払わせて下さい」

「いえ、無料で差し上げます。このチケットも、きっと喜んでくれると思いますので」

というようなやりとりがあり、最後に、その男性は
「それではお言葉に甘えて、いただきます。せめて、お礼を申し上げたいので、メールアドレスを教えていただけませんか……」

「ああ、それなら、私の勤務する会社の名刺があります。そこにメールアドレスが記載されていますので、どうぞ」

と名刺を差し上げたのでした。少し、馴染んだこともあり、私が、

「実は私、長年コーラスをしていまして、今回のオペラもその関係で参ったものなのです。このオペラに私の指揮者もコーラスの一員で出演しますので、その縁もあり、本日聴きにきました」

と言いましたら、

「実は私も指揮者でして山下と言います。演出家の岩田達宗氏にこのオペラ、是非聴きにきて下さい、といわれて妻とともに聴こうとしたのですが、チケットが私の分しかないので、あと、一枚ほしいところだったのです。ありがとうございました」

それだけの会話でした。そして、オペラが始まりました。

〝カプレーティ家とモンテッキ家〟というオペラは〝ロメオとジュリエッタ〟の物語である。有名なシェイクスピアのそれとは違って、作家ロマーノが同じ原作から紡ぎだした別の台本からとったようだ。

劇場型オペラということもあり、狭い会場で主役のテノールとメゾソプラノのヴォリュームのある歌を聴き、また、岩田達宗の演出、指揮者柴田真郁の音楽作り等、聴き応えのある演奏であった。

それから数日経ったある日、チケットを差し上げた山下さんからメールが届いた。

「濱田晃好さま。先日のオペラ公演でチケットを頂きました山下一史です。チケットをこの様な形で頂いたのは、もう三十年前のベルリン留学時代以来でした。ご親切に感謝申し上げます。奥様のご体調は如何でしょうか。ご快癒をお祈りしております。先日の公演は岩田ワールド炸裂の刺激的（良い意味です）な演出で、演者もそれによく応えて居たと思います。彼とご一緒した数々の現場を懐かしく思い出しました。ジュリエッタを演じた高橋絵理さんは七月末にモーツァルトの「コジ」でご一緒した方です。全く違った役柄を同時期によく演じきったと感服しました。九月公演に向けての良い刺激になりました。九月公演の詳細は下記の通りですが、奥様とお二人でご招待したいと思っております。ご都合のほどお知らせ下されば幸いです」

というものであった。私は指揮者の山下さんというお名前はチケットを渡した時に聞いて〝どこかでお見受けした方だなあ〟と思ったが、メールの最後にあった名前、つまり、有名なマエストロの〝山下一史〟さんとは、その時直ぐに思い出せなかった。失礼なことをしたなあ、と後悔した。

山下一史氏は広島市生まれの五十五歳、桐朋学園大学卒業、ベルリン芸術大学に留学、指揮を尾高忠明、小澤征爾、秋山和慶、森正に師事、１９８５年からヘルベルト・フォン・カラヤンのアシスタントをカラヤンの逝去まで務めた方で、そのあとニコライ・マルコ国際指揮者コンクール（デンマーク）で優勝。この年に開かれたベルリン・フィルハーモニー管弦楽団の公演で、急病のカラヤンの代役としてジーンズ姿のままベートーヴェン第九を指揮、脚光を浴び、海外ではヘルシンボリ交響楽団、ザ・カレッジ・オペラハウス管弦楽団、日本国内ではＮ響副指揮者、九州交響楽団、仙台フィルハーモニー管弦楽団、広島交響楽団等の指揮をしていたとのこと、ハッキリ言ってビックリし、認識を新たにした。

先のメールで〝チケットをこの様な形で頂いたのはもう三十年前のベルリン留学時代以来でした〟とあるのは、上記のベルリン芸大に留学したときのことだということも判りました。そして、私も、また、メールで返事を書きました。

「山下一史様が有名な指揮者だ、ということは知っていましたが、あの時、お顔と名前が一致しませんで、失礼をいたしました。このメールをいただいてからネットで先生のことを検索しまして、このような立派な方にチケットをお渡しできましたことを光栄に思います。あの時申し上げましたように、当日は私の風邪が移って妻が熱を出したため、何か活用方法がないかと、チケットを二枚持参したのでした。先生が携帯で話している内容、つまり〝当日券が売り切れてない〟との話を小耳にはさみましたので〝あ！これだ〟と思い、お声をかけたのでした。立ち話でお話しましたように、私は、以前〝興銀合唱団〟（山下さんはこの合唱団を知っているようでした）に所属し、故・佐々金治先生、そのあと三澤洋史先生が指揮でテノールを歌っておりました。興銀がみずほ銀行になったこともあり、その流れは三澤洋史先生率いる合唱団〝ＴＢＳ〟と、私のマンションで、元興銀合唱団の男声だけを集めて歌っている〝アイビーメンネルコール〟（ＩＢＭＣ）に引き継がれています。」

「ところで、山下先生の〝カプレーティ家とモンテッキ家〟の公演ですが、夫婦で二枚もいただくのは恐縮ですので、一枚は、お言葉に甘えまして、もう一枚は買わせていただきたいと思います。山下先生のオペラをぜひ、拝聴させていただきたいと思っております。濱田晃好」

そして、山下一史さんから、再度メールがきました。

「濱田晃好さま。ご連絡が大変遅くなって申し訳ありませんでした。オペラの稽古も佳境を迎えております。今日がB組の通し稽古で、明日からオーケストラ合わせとなります。チケットご用意できました。チケットを二枚ご用意しました。御礼の気持ちでご夫妻をご招待と思いましたが、お気持ちのご負担になってもいけませんので、お申し越しの通りお言葉に甘えて一枚をご招待、一枚をお求め頂くことで宜しいでしょうか。チケットは当日受付預けも出来ますが、郵送をご希望ならば以前頂いたお名刺の板橋前野町のオフィス宛に送らせて頂きます。それでは公演でまたお目に掛かれるのを楽しみにしております。山下一史」

山下一史さんが指揮するオペラは藤原歌劇団、東京フィルハーモニー、新国立劇場オペラパレスで演奏されるものであった。そして、当日は素晴らしいオペラを満喫した。〝縁は異なもの〟というが、本当に不思議な出会いであった。これも、妻が風邪をひいてくれたおかげだ。山下一史さんと妻に感謝したい。

わが家の名曲アルバム

まだ、カラオケが流行りはじめた昭和50年ころだったが、興銀神戸支店に赴任していた。そのころはまだ若かった（課長代理）こともあり元気で、業務が終わるたびに銀行仲間と一杯飲みに行こうと誘い、誘われ、毎夜のごとく飲みに行き、そして、カラオケを歌いまくった。銀行から社宅までは歩いてたった十五分くらいの距離なのに、帰りは五～六時間もかかった。

家では妻も合唱団出身ということもあり、カラオケテープを買い込みオーディオ装置でマイク片手に歌っていた。また、抒情歌曲集のレコードを買ってきて、狭い社宅の一室でこれをバックに、何曲か歌を録音して、悦に入っていた。

その後も、八王子に住むようになっても同様に、時々、趣味で歌を録音していたが、久しぶりにそれを聴いてみた。社宅や自宅で録音したこともあり、音響レベルは高いものではないが、思ったほどの劣化も見られなかったので、これをＣＤにダビングし、更に昔、音響の仕事をしていた義弟に依頼してＤＶＤ映像に加工してもらった。

素人につき収録曲12曲、所要時間三十分強、聴いていても飽きが来ないＤＶＤとした。因みに、曲目は①叱られて、②おぼろ月夜、③浜辺の歌、④ふるさと、⑤あざみの歌、⑥冬の夜、⑦早春賦、⑧女ひとり、⑨ローレライ、⑩小さな日記、⑪瀬戸の花嫁、⑫白いブランコ、のたぐいだ。曲数はやや妻に傾斜しているものの交互に歌い、最後にデュエットを入れた。

妻は小学校時代から歌を習っており、中学校時代には大阪府のソロ・コンクールで、第二位に入ったことがあり、歌に関しては私より一日の長があった。因みにそのコンクールで優勝した方は、その後関西二期会のオペラ歌手になっている。妻は小柄で声量がなかった分、二番手になったようだ。

このＤＶＤは時々家でＢＧＭとして流しているし、車では同じ曲をＣＤで流しながら運転している。わが家の〝名曲アルバム〟なのである。

第六章　霊南坂教会

霊南坂教会に通い始めたのは１９９８年夏であった。その前に大腸ガンの手術を受けて無事、健康を快復したときに〝神様に生かされている〟という実感を持った。

霊南坂教会では〝夏の聖歌隊〟といって、教会員でなくても、聖歌隊席で歌うことができた。それで、その年の夏、つまり、8月の一カ月間聖歌隊で歌い、隊員の勧めもあって、９月、教会の振起日（夏休みが終わり、気持ちを新たに奮い起こして実りの秋を迎えよう、という意味）礼拝で洗礼を受けることとした。洗礼を受ける前の水曜日に、〝信仰告白〟を行うが、教会小礼拝室で三十名ほど集まった中で　次のような告白を行なった。

受洗への思い（信仰告白）

私たち夫婦は１９６８年2月18日に結婚しましたので、今年で結婚三十周年になります。これまで、特定の宗教に傾倒したことはありませんでしたが、永い間夫婦でコーラスを続けており、中でも宗教曲を歌う機会が多かったということもあり、以前から、イエス・キリストに何か近しい感情を抱いておりました。
コーラスで歌った宗教曲としては、例えば最近三年間では、バッハの「ヨハネ受難曲」ヴェルディの「レクイエム」（この曲は妻と共に）、ヘンデルの「メサイア」等です。これまで歌った宗教曲は数限りなくありますが、今年五月歌ったこの「ヨハネ受難曲」には特に深い感動を覚え、練習している間にも教会に通いたいと思うようになりました。

教会と言えば、妻の紀子は大阪女学院（プロテスタント）を卒業したこともあり、何となく馴染みがあるのですが、私の場合は、昔、転勤で神戸におりました時、子供の幼稚園の関係でクリスマスミサを当日参加で歌ったことがあるくらいで、正直申し上げましてキリスト教にはこれまで関わりあうことはありませんでした。

「ヨハネ受難曲」を歌っている内に〝教会に通いたい〟と考えた時ですが、たまたま職場にカトリックの初台《はつだい》教会に通っている人がいましたので、その方にご紹介をいただいて数回通ってみました。しかし、妻と相談しました結果、やはりカトリックよりプロテスタントの方が何となく合うという結論となり、昨年秋ごろから新宿の住まいから便利な貴教会に、どなたの紹介も受けずに伺い始めたのでした。

教会に通っている内に、日曜日の朝、清々しく讃美歌を歌ったり、説教をお聴きしたり、或いは教会の皆様のご親切に接したりしますと、本当に心が洗われる思いがしましたし、また何とも幸せな時間が持てたと、毎回感激しながら帰路についておりました。

洗礼を受けないでこのまま礼拝を続けることも考えたのですが、将来必ず訪れるであろう〝死〟という現実に今から神様の教えをいただきたいと思いましたし、またイエス様を信じることにより精神的にも幸せな老後を送りたいと思うようになりました。

未熟な私たちではありますが、もしお差し支えないようでしたら、洗礼を受けさせていただければありがたいと思います。

もし、洗礼を受けさせていただき、また牧師様のお許しが出ましたら、妻ともども、聖歌隊に入れていただければ大変幸せに思います。

以上、受洗への思いを綴らせていただきました。

（１９９８年９月15日）

早天祈禱会での〝証《あかし》〟

霊南坂教会の教会員になって十二年経った２０１０年５月17日にペンテコステ礼拝の前に行われる早天祈祷会で〝証〟を務めた。ペンテコステ（ラテン語）は、聖霊降臨《せいれいこうりん》といわれ、イエスの復活・昇天後に、神からの聖霊が降ったという出来事のことですが、日本では５月の主日（日曜礼拝）に聖霊降臨祭が行われる。

その前週の早朝に小礼拝室で早天祈禱会が行なわれ、当番として指名を受け、下記のような話をした。

階段からの転落

最初に聖句をお読みいたします。〝神はわたしたちの避けどころ、わたしたちの砦、苦難のとき必ずそこにいまして助けて下さる〟（詩編第46編より）

さて、一カ月ほど前の礼拝で、西脇先生が多摩墓地の納骨堂の階段が急坂であり、階段から出てこられた方のために、手を差し伸べるというお話が説教の中でありました。

西脇先生（当時）が階段の危険性を話されたその一週間前の日曜に、教会に向かう途中でしたが、私たち夫婦は六本木一丁目駅で石の階段から転落してしまいました。今日はそのお話をさせてただきます。

桜がそろそろ終わりに近づいた四月の上旬、その日はとても天気が良かったのですが、もう春なのに寒い日でもありました。地下鉄六本木一丁目駅を降りて、いつもは長いエスカレーターに乗り、教会到着の前にお茶を飲むためホテルオークラに立ち寄るのですが、そこに向かう道すがらの石畳をゆっくり歩いておりました。

石畳の最後には下りの階段がありまして、あとで数えてみましたら八段あったわけですが、妻の紀子はどういうわけか、その直前、バッグを身体の前に置いて、その中の探しものをしていたため、階段に気づかず、突然、足を踏み外してしまったのでした。その時、すごい声で「アッ！」と叫んだので、私はビックリし、横を見ましたら、正に階段から転げ落ちる瞬間でした。

私は、とっさに妻の右腕を抱え込み、グッと引き寄せました。しかし、身体が小さい割りには体重に自信のある妻は、簡単に止まってくれませんでした。私は、急遽、後ろ向きで二・三段下りて、何とかくい止めようとしましたが、勢いは止まらず、今度は私の右手を妻の身体に巻きつけて止めようとしました。

しかし、万策は尽きました。その時点ではもう、落ちるしかない、という状態になっており、そして、二人は望んではいなかったのですが、一体となって音をたてて石畳に打ちつけられたのでした。暫くは二人とも動けず、目を閉じてジッとしていました。


もし、日曜日でなければサラリーマンが大勢歩いていたであろうその石畳の道は、その日、朝の九時過ぎでしたから、だれ一人いない静寂の世界でした。誰かが通れば
「大丈夫ですか？」

と声を掛けてくれたはずでしたが、そうしたこともありませんでした。暫くして、先に、妻が石畳の上に座り、まだ、起き上がれない私を見つめて、

「これは救急車を呼ぶしかないかな」

とつぶやいた。そのあと私もやおら起き上がり、座ったまま、二人同時に、

「大丈夫？」

と声を掛け合いました。

私は、意外に、身体の痛みがないのを不思議に思いながら立ち上がりました。妻は肋骨の痛みと、腕の擦り傷を訴えました。しかし、八段とはいえ石の階段から落ちてこの程度の怪我で済んだのか。あの時、もし、私が横にいなかったら、妻は路面に顔を打ちつけて相当な傷を負っていたことでしょう。そっと妻の顔を見ましたが、傷もなく、元のきれいな（？）顔でした。

冬のコートがクッションの役目を果たしたとはいえ、頭も打たず、骨折もなく、まるで奇跡でした。二人はゆっくり、教会に向かう道すがら、

「本当に、これは神さまが救って下さったに違いない」

と、感謝する他はありませんでした。

高齢者は人生の終盤で〝ころぶ〟ということが引き金となって、他の病気を誘発し、更に老いを加速させる、ということがありますが、今回の私たちの奇跡は他に説明がつかないくらいに不思議な出来事でした。先に、西脇先生の説教のことをお話ししましたが、事故の翌週にたまたま〝階段には気をつけなさい〟というお話がありました。改め

て神様からの警鐘だと思いました。また、聖歌隊ＧＭ（ゼネラルマネージャー）を引き受けて間もない私ですので、無事にこの世に戻れて、とりわけ聖歌隊に戻れて良かったと思っております。

それではお祈りします。ご在天の神様、いつも私たちを見守って下さり、ありがとうございます。ペンテコステを迎えるこの時期、早天祈禱会のスタートに当たり、聖歌隊が担当させていただきました。この祈禱会、皆様に支えられて、そして、神様に見守られて努めることができましたこと、心から感謝申し上げます。

今回は奇跡的なお話をさせていただきましたが、大きな怪我もなく教会生活にも支障のない日々を送ることが出来まして、感謝いたしております。街のあちこちに危険が潜む今日、私たち高齢者も慎重な行動が必要だということを、神様からお教えをいただきました。ありがとうございました。この感謝の祈り、尊き主、イエスキリストのみ名を通してみ前にお捧げいたします。アーメン。

日本FEBCのインタビュー

FEBC＊という キリスト教放送局から、霊南坂教会聖歌隊指揮者飯靖子先生を経由してインタビューを受けて欲しい、との依頼を受け、キリスト教放送局の代表吉崎恵子さん（司会役）と楽しく会話させてもらった。２０１１年11月26日（土）に放送された内容が次の記録だ。

＊FEBC…Far East Broadcasting Company の略。Far East は〝東の果て〟という意味だが、その真意は、新約聖書の使徒言行録一章三節〝地の果てに至るまで、私（キリスト）の証人となる〟にある。Broadcasting は放送・会社であるが、吉祥寺のキリスト教放送局から、全国（世界）に向けて発信されている。

コーヒーブレイク・インタビュー

司会：今日のお客様は株式会社ベスト代表取締役社長、また日本基督教団霊南坂教会聖歌隊ゼネラルマネージャーの濱田《はまだ》晃好《てるよし》さんです。

司会：ネクタイのタイピンが〝ト音記号〟ですが、へえーっ素敵ですね、ということはやはり日本キリスト教会霊南坂教会聖歌隊の〝ＧＭ〟つまり、ゼネラルマネージャーという意味ですか？

濱田：そういうことです。歴代の〝ＧＭ〟はだいたい女性が就任していたので、冗談に
ＧＭとは〝グランドマザー〟ってことですか？って冷やかして発言したら、飯先生から罰ゲームとして〝次年度は濱田さんがやって下さい〟ということになり、やむなく引き受けました。

司会：そうですか、霊南坂教会では毎週聖歌隊で歌っておられるのですか？

濱田：そうです、毎週主日礼拝で歌います。練習として木曜日の夜に集まりますので、年間五十週×二回、つまり、聖歌隊のために年間100回は奉唱や練習をします。

司会：それは素晴らしい奉仕ですね。相当のお時間を神に捧げて、ということは礼拝も殆ど休まないということ？　それだけ違う曲をたくさん歌うということですね。

濱田：指揮者の飯先生が一、二カ月先までの奉唱曲を選曲し、それを毎週練習します。奉唱までに四回くらい練習できれば良い方かもしれません。

司会：濱田さんは、そういう曲を昔から歌っていらっしゃるのですか？

濱田：讃美歌はまだ十五年程度ですが、クラシックの宗教曲はもう五十年ぐらい歌って

いますね。
司会：すごい！　お若い時から合唱団に入っていらした？
濱田：教会の外で歌う宗教曲はラテン語とかドイツ語とか原語で歌いますが、内容・歌詞は殆ど聖書から引用していますので、そんなに難しいものではありません。聖歌隊で歌う讃美歌は日本語ですので、譜面を見せて頂ければ大体歌えるので、一曲四回くらい歌えば、何とか奉唱は可能です。
私は合唱歴五十年ですが、私の妻は小学生から歌っていましたので、もう六十年にもなります。妻も、聖歌隊でソプラノを歌っています。
司会：そうですか、ところで、洗礼をお受けになったのは？
濱田：洗礼を受けたのは十三年前で、このきっかけとしては十八年前の大腸ガンを手術したことでした。早期ではなく進行ガンだと言われて、これでいよいよ人生終わりかなと思ったときに、慶應病院で良い先生に巡り会えて完治することができました。それから五年ぐらい経ってから洗礼を受けたのですが、その五年間は常に〝神様に生かされている〟という意識が頭から離れず、霊南坂教会を訪れたのでした。何故、霊南坂教会か、と申しますと、バロックからロマン派の宗教音楽を長年歌ってきたこと、そして、昔、私がいた職場の日本興業銀行には合唱団があって、その指揮者のお一人が大中寅二さんだったこと、そのような理由で霊南坂教会を選んだのでした。

司会：すごーい！　大中寅二先生！

濱田：大中寅二さんが指揮をして下さったのは短期間でしたけれど、宗教曲を演奏するには教会が最適ということで、仕上がった曲の演奏や演奏会の前のリハーサルとに霊南坂教会を使わせてもらいました。その縁があって霊南坂教会の門を叩いたのでした。

司会：それまではずっとお元気で、今だってすごくお元気そうですが。バイタリティに富んで素晴らしい！

濱田：いやいや、いま、齢で言えば七十歳、古希なのですけれど、この歳まで現役で働いている方が少ないことからすれば、幸せですね。

司会：今でも社長さんをしてらっしゃるのですね。

濱田：やむを得ずと言いますか、後継者は居るのですが、なかなか社長を引き受けてくれないので、私がやっているのですけれど……。

まあ、仕事上の苦労やストレスがあったりしまして、身体を相当酷使しますね。大腸ガンもそうですけれど、その他に前立腺ガン、肺炎、今は難病のサルコイドーシスという、珍しい難病を患っています。症状としては酷い倦怠感が出るのですが、それをステロイドで抑えているというのが現状です。

司会：そうでいらっしゃいますか、その大腸ガンはかなり悪かったんですか？

濱田：そうですね、ステージで言うと進行ガンの二期で、末期ではありませんでしたから治せる、という自信みたいなものはありました。

司会：そういう時には今までとは心持ちが随分変わるのですか？

濱田：ええ、それは、私はどちらかというと楽天的なので、深刻さはありませんでした。例えば、今では当然のように告知していますが、十八年前はガンの告知はしない時代でした。しかし、私は進んで〝ガンであれば私自身に直に言って下さい〟と申し出たところ、検査の翌日に〝濱田さん期待通り？大腸ガンでした〟と言われてしまいました。期待はしていませんでしたが……。確かにガン宣告を受けた時には「これで人生終わりか」と思いましたが、暫くすると、多少悩んだけれども、悩んだと言っても半日ぐらいで〝まあ、良い人生だった〟と。

司会：ピリオードを打ってもいいかと。

濱田：人生もう良いかと思ったのですが、医師は〝それでも濱田さん、重いといっても
これは私に治せますよ〟と言われてホッとしました。

司会：ああ、そうですか、そのことを通して教会に行こうというお気持ちに。

濱田：ええ、そうです、その時はやっぱり〝神様に生かされている〟という感じがしま
した。これまでの人生に感謝したいし、これからの残された人生のためお祈りも
したいと考え、突然、教会に行きたいと妻に言ったのですね。

司会：初めていらした教会、礼拝はいかがでしたか？

濱田：ええ、教会は皆さん温かく迎えてくれて、たまたま夏前に行きまして〝オープン
夏の聖歌隊〟といって、聖歌隊以外の者でもその期間は歌えるということが分かっ
たので、私と妻は二人セットにして入れていただきました。ただ、その頃はまだ
歌ってすぐ聖歌隊員になれるかというと、半年ぐらいの試用期間（？）がありそ
れに合格しないと入れませんでした。

司会：ええっ！

濱田：当時は〝練習には来て下さい、但し、まだ聖歌隊席での奉唱はできません〟という期間が約半年程度ありました。

司会：そして、今まで祈ったことのない濱田さんが神様に祈る〝祈る〟っていうことは正に、もっとも信仰の現れと思うのですけれども。

濱田：讃美歌の中の歌詞をずっと読んでいると、同じように〝祈る〟という言葉が何度も出てきますね。そして、毎日〝主の祈り〟を祈ります。最初はどうしても懐疑的なことも出てきましたが、だんだん純粋な気持ちで入ってくるようになってきましたね。

司会：不思議ですね

濱田：基本的には歌が好き、宗教曲を歌いたいということがありました。〝宗教曲を歌いたいから教会へ行く〟というのは邪道だ、とある人が私に言ったことがあるのですが、それは私とって〝背中を押してくれた〟のが宗教曲なのです。

司会：いゃあ、どんな理由であってもいいのです。それでいいのではないかと思います。きっかけは何であれ、教会に通うことによって、ご自分の懐疑的な心が氷解していくうちに、真実が見えてくるのです。

濱田：それはすぐに醸成されることでなく、徐々に説教を聴いて、或いは讃美歌を歌って、それから教会の中の交わりがあって、聖歌隊の中でも歌うだけでなく友情が生まれてきたりして、そのような経過を経てだんだん近づいてきたというか。

司会：そういう中で聖書をお読みになって如何だったでしょうか？　今まで読んだ本と聖書が同じだと思うと、普通の本と一緒になりますし、聖書が神の言葉であるっていうふうに響いてくると、もう全く聖書は違ってくると思うのですけれども。聖書をお読みになり始めたのですね。

濱田：ええ、一応読んではいますが、何しろ、膨大ですからね。

私は最初に元霊南坂教会の〝渡辺与一牧師〟から洗礼を受けたのですが、その牧師は洗礼記念にと言ってコリントの信徒への手紙四章十八の有名な聖句〝私たちは見えるものではなく見えないものに目を注ぎます〟をいただきました。私はこれがすごく気に入ったというか、良い言葉だなあと感心しました。見えるものというは物質的なもので、それよりも見えないものが大事だと……。見えないものって何があるのだろう、と私は考えたのですが、例えば〝神〟とか〝キリスト〟、〝天国〟、〝復活〟、〝来世〟、〝永遠の命〟などでしょう。

これらの言葉はその通りなのですが、私は名曲〝四葉のクローバー〟の中の歌詞にも見えないものがあると、ずっ〜と前から思っていました。それは〝希望〟〝信仰〟〝愛情〟の三つ、それに加え、残る一つの葉は〝幸福〟（さちと読む）の四つです。四葉のクローバーだから四つの言葉です。

〝希望〟は深く〝信仰〟は堅く〝愛情〟は熱く、そして〝幸福〟は幸せ、の表現これがとても好きです。

この曲は東京芸大前身の音楽教師のロイテルさんが作曲し、吉丸和明さんという方が訳詞したのですが、内容のある曲だと思っています。

司会：ああ、そうですか、〝信、望、愛〟という、これらのうちの最も大いなるものは〝愛〟であるという、御言葉に通じるのですね。

濱田：ああ、そうですか、私が言うのも何ですが、この歌は妻の持ち歌で、すごくうまいのです。

司会：え、え、えっ！（笑）そうですか、濱田さんは素晴らしいテナーでいらっしゃると伺っていますけれど。宗教曲では、どんなものを歌ってきたのですか？　もう数えきれないほど歌って来ましたか？　何がお好きなのですか？

濱田：レクイエムが好きなのですね。ミサももちろん歌いますけれど、ミサの中の死者のためのミサ、つまりレクイエムですね。レクイエムと言われるものはほとんど歌ってきました。たとえて言うとフォーレのレクイエム。

司会：フォーレのレクイエム、素晴らしいですよね。

濱田：ブラームスのドイツレクイエム、モーツァルトのレクイエム、そして難しかったですがヴェルディのレクイエム、これは凄いオペラチックでしたが。その他に、受難曲ではバッハのマタイとかヨハネの受難曲など、それからベートーヴェンのミサソレムニス、ヘンデルの「メサイア」とか、そういうものばかりを、ず〜っと歌ってきました。

司会：濱田さんが社長をしている株式会社ベストは何をやっておれらるのですか？

濱田：これは業種としては総合ディスプレイ業というのですが、ディスプレイとは表示するという意味で、例えば商業施設で綺麗な内装をするとか、あるいはデパートのショーウィンドウや店内案内板、催事場の設営とか、そういう表示もの、サインを専業としています。サインというのが分かりにくい場合は〝看板〟と言っています。売上げの半分はデパートの三越さんで、日本橋三越本店も銀座三越もすべて、わが社が製作、設営をしています。
司会：そうなんですか。
濱田：そういう変わった特殊な仕事ですけれども。
司会：だって、元々は銀行マンでいらしたのですね。
濱田：元々は銀行員ですね。十年前にオーナーに〝この仕事をしてくれないか〟と頼まれて〝ハイ、いいですよ〟と簡単に引き受けてしまって、それで十年経って、まあ、何とかここまでしのいでやって来られたと。
司会：やあ、それは、でも大したことでいらっしゃいます。歌をうたうというのは、でも精神的に非常に健康的な素敵なことですよね。
濱田：そうですね、良くいわれるように腹式呼吸をやりますよね。腹式呼吸は健康に良いといわれていますから。
司会：そう、皆さんの声が綺麗に合って、奥様とまた二人でお歌いになられるのも素敵ですね。
濱田：そうですね、合唱団に居て一緒に結婚することになったので。
司会：ああ、そうなんですか、そこで出逢われて、じゃあ洗礼もお二人でお受けになった？

濱田：そうですね、一緒に受けて。

司会：それにしても長い人生の中でキリスト者になって、この人生を締めくくる方向にいらっしゃるとは、昔は思ってもいなかったでしょうね。

濱田：昔は全然そういうことを思いませんでしたね。今は教会へ行くのが楽しいというか、昔は多少負担だなと思ったこともありましたが。

司会：また、日曜日かと。（笑）

濱田：今は非常に楽しいというか、やっぱり〝仲間〟との出会いが楽しいのですよ。聖歌隊のメンバーと楽しくしたいという思いがあるので、特に飯先生なんかはプロのオルガニストで霊南坂教会の指揮者でもあるのですけれど、私とは飲み友達ですものね。

司会：それは素敵ですね。やっぱり共にある、歩む仲間が与えられるということは、本当に若い時よりももっと大事になってくる年齢ですね。ご自分で一番好きな曲、例えば自分の葬儀の時はこれを歌ってもらいたい、とかいうのはあるのですか？

濱田：私は曲数で言うと十曲ぐらいありまして。曲としては４分の３拍子や８分の６とか、割合流れるような曲が好きなんです。その中の讃美歌で〝キリストには代えられません〟という４分の３拍子の曲が好きです。

司会：そうですか、これは本当に素晴らしい信仰の告白の歌ですよね。

濱田：そうですね。他には、〝鹿が谷間に〟という曲があります。パレストリーナの曲ですが、鹿が谷に降りて水を飲むという光景の所で、聖書にも出てきます。パレストリーナの特徴であるポリフォニー音楽（一つの旋律を複数の演奏単位で歌う）で書かれていますので、とても好きです。私が死んだときに歌ってほしいと思う曲でもあります。

司会：（笑）それでは誰かに歌ってもらうしかない。あれは詩編42編ですね。

濱田：今から、聖歌隊にお願いしておこうかなあ。

司会：（笑）ああそうですか、そうすると本当に人生そのものが、神様を讃美する人生になりますね。最後に、ＧＭさんはどういうお仕事をなさっているのですか？

濱田：教会との架け橋、聖歌隊の中のとりまとめ、聖歌隊通信の送信、讃美する曲目の連絡、教会・聖歌隊スケジュールの調整、大掃除では聖歌隊は楽器関係を磨き上げる、とか、そういうものの指揮をとる。マネージャーは世話人ですね。
司会：それじゃ本当に生涯歌い続けるというか、現役で。
濱田：これは声が出る限り歌い続けたいと思って。
司会：そしてそれは神様を讃美する。
濱田：そうですね、元々奉唱というのは聖書の御言葉の王道ですから、これを大事にして歌おうと思っています。
司会：はい、どうぞ礼拝ごとに良い讃美が歌われますように。
濱田：はい、ありがとうございます。
司会：どうも今日は素敵なお話、ありがとうございました。
司会：〝コーヒーブレイクインタビュー〟今日のお客様は株式会社ベスト代表取締役社長、また、日本基督教団霊南坂教会聖歌隊ゼネラルマネージャーの濱田晃好さんでした。お相手は吉崎恵子でした。

あとがき

私は1941年7月4日生まれなので、七十七歳、喜寿を迎えた。たくさんの病気をして、何ども危篤状態となったが、この喜寿まで生きることが出来たのは慶應病院や順天堂病院の医師たち、家族や周りの友人、そして、会社や業界関係の皆様の支えと励まし、そして、微々たるものではあるが、私自身生きる意欲を持ち続けた結果だと認識している。

第一部でこの病気の記録を書いているうちに、第二部で私の波瀾万丈の人生も記録として残したいと思うようになり、記憶を呼び覚ましながら、幼いころのことを断片的に書き綴った。大昔のことですっかり忘れていたことなのに、あらためて、思い出すと、意外にも芋づるをたどるように蘇って来たのは不思議であった。

ワープロやパソコンが普及し出したころからは、結構、筆まめな私は細やかな記録を残していたので、今から三十年ほど前からはそのデーターを活用して効率的に書くことが出来た。だから、これらの文章は作文というよりも、人生のドキュメンタリーと言えるものである。

振り返ってみると、幼いころから極度の貧困で、中・高校時代はアルバイトに明け暮れた。救いは、まぐれで合格できた興銀入社であった。第二の職場アイビーレストラン時代は頭取から表彰を受けて喜び、そして、現在もまだ勤めている株式会社ベストでは波瀾に富みながらも、結果的には楽しい、居心地の良い職場を与えられた。歌の文句じゃないけれど〝人生いろいろ〟であった。

私がここまでこられたのは興銀の存在が大きい。妻の言い方であるが〝あなたは興銀に育てられた〟と時々言う。興銀は最高に良い職場であった。自由闊達で人情味があり、上司は素晴らしい方がたくさんいた。尊敬する方も身近にいた。今で言うパワハラなど一切なく、行員同士仲が良かった。その証拠に銀行内では名前を呼ぶことは珍しく、殆どがニックネームで呼ばれていた。頭取でさえ、そっぺいさん（中山素平）、池さん（池浦喜三郎）、金さん（中村金夫）、黒ちゃん（黒沢洋）と言ったたぐいである。

私は先輩や上司からは〝はまやん〟と呼ばれ、同期や配下のものからは〝はまちゃん〟と呼ばれていた。さすがに、部下の女性からは〝はまださん〟と呼んでもらっていたが……。今の株式会社ベストでは〝会長〟と呼ばれているが、できれば〝はまちゃん〟と呼んでもらいたいものだ。

私は生い立ちのところで記したように、高校は堺商であったが、妻の中学時代の同級生が、四十年後に堺商の校長に就任した。病気がちの私が時々入院することもあって、妻は大阪・堺で行う同窓会に出かけられないことが多く、先日も、中学の同窓会をドタキャンした。その時の同窓会幹事は、その元校長であった。

「あなたの旦那は私が校長を勤めた堺商と聴いているが、フルネームは何と言うの？」

「濱田晃好、はまだてるよし、です」

そして、一カ月のちに電話があった。

「同窓会は欠席で残念でした。ところで、ご主人、濱田晃好さんの件、最近開いた歴代堺商校長会で話題になったのですが、濱田さんは〝堺商創立以来一番の出世頭〟だという評価があることが分かりました。すごい方なんですね」

「そんな、お話があるのですか。本人に伝えておきます。ありがとうございます」

妻もビックリしたが、本人もビックリ仰天した。そんな話があるなら早く教えてくれと言いたいところである。しかし、ここは謙虚に〝そんなことはないよ。大げさだね〟と妻に伝えた。


妻は〝紀子《のりこ》〟と呼ぶが、大阪女学院時代のニックネームは〝キコ〟であった。秋篠宮殿下のお妃になった紀子様（きこ様）が生まれる前から、既に、キコと呼ばれていた。以下は、二十年前の会話である。

「あなたのこと、これまで〝お母さん〟と呼んでいたが、子供たちも出て行ったので、これからは、キコと呼ぶことにしよう」

妻は、静かにこうつぶやいた。

「キコではありません。キコサマとお呼びなさい！」

それ以降、私はキコサマと呼ぶハメになり、私のコーラス仲間も、妻の友達たちも、共通の友人たちも、私の会社でも妻のことをキコサマと呼ぶこととなった。

これまで、随分、看病をしてもらった恩もあるので、恥ずかしかったが、私はキコサマにこう言った。

「来世も、また、キコサマと結婚したいね。キコサマはどう?」

すると、キコサマは暫く黙ったうえで、こう答えた。

「……少し、考えさせて……」

この世の中、なかなか思い通りにはいかないものだと痛感した。


結びに……

私の友人で、東京ケラーサロンメンバーの三武義彦さんがいる。この方は出版会社の社長をしており、これまで、教科書を中心に立派な仕事されてきた。この三武義彦さんが〝濱田さんの希有な人生を本にしてみませんか?〟と何度もお誘いを受け、今年正月以降、決心してこの本を書いた。残り人生が短いので、若干、急いだきらいはあるが、今、健康が保たれている間に、しかも喜寿記念に発刊できたことに感謝している。

2018年8月　盛夏

濱田晃好 記

著者紹介

濱田晃好（はまだ　てるよし）

1941（昭和16）年、三重県紀北町紀伊長島生まれ。

1960（昭和35）年、大阪・堺市立商業高等学校卒業。

明治大学政治経済学部経済学科卒業。

日本興業銀行東京支店副支店長・梅田支店長・難波支店長を経て、

興銀子会社アイビーレストラン（給食会社）取締役社長を務める。

現在、株式会社ベスト代表取締役会長

東京ケラーサロン（ドイツの会）代表、アイビーメンネルコール

（男声合唱）代表、日本キリスト教団霊南坂教会聖歌隊元ジェネラルマネージャー。

余命一カ月からの脱出

平成三十年九月七日　発行

著　者　濱田晃好

発行者　三武義彦

印刷・製本　駒井剛機

〒101-0062　東京都千代田区神田駿河台一―五―六

発行所　株式会社　右《ゆう》文《ぶん》書《しょ》院《いん》

振　替〇〇一二〇―六―一〇九八三八

電　話〇三（三二九二）〇四六〇

FAX〇三（三二九二）〇四二四

＊印刷・製本には万全の意を用いておりますが、万一、落丁や乱丁などの不良本が出来いたしました場合には、送料弊社負担にて責任をもってお取り替えさせていただきます。

ISBN978-4-8421-0795-0 C0023